TRANZLATY

Language is for everyone

Язык для всех

The Call of Cthulhu

Зов Ктулху

H.P. Lovecraft
Г. П. Лавкрафт

English
Русский

www.tranzlaty.com

The Horror Made of Clay
Ужас, созданный из глины

There is one thing I find particularly merciful.

Есть одна вещь, которая меня особенно милосердна.

The inability of the human mind to correlate events.

Неспособность человеческого разума устанавливать взаимосвязи между событиями.

It's a blessing that we can't understand the world.

Это благословение, что мы не можем понять мир.

We live blissfully on a placid island of ignorance.

Мы безмятежно живём на спокойном острове неведения.

An island in the midst of black seas of infinity.

Остров посреди чёрных морей бесконечности.

And it was not meant that we should voyage far.

И нам не предназначалось совершать дальние плавания.

The sciences each strain in their own directions.

Каждая из наук стремится развиваться в своем собственном направлении.

But hitherto science's findings have harmed us little.

Но до настоящего времени научные открытия причинили нам мало вреда.

But some day dissociated knowledge will be pieced together.

Но когда-нибудь разрозненные знания будут собраны воедино.

Terrifying vistas of reality will open up to us.

Перед нами откроются ужасающие картины реальности.

And we will be left in a frightful vantage point.

И мы окажемся в ужасно невыгодном положении.

We will either go mad from the revelation we are given.

Мы либо сойдем с ума от полученного откровения.

Or we will flee from the deadly light that we will see.

Или же мы будем бежать от смертоносного света, который увидим.

We will run from the knowledge we had always pursued.

Мы будем бежать от знаний, к которым всегда стремились.

And we will seek the peace and safety of a new dark age.

И мы будем стремиться к миру и безопасности нового темного века.

Theosophists have guessed at the scale of the cosmos.

Теософы предполагали масштабы космоса.

Our world is but a transient incident in this cycle.

Наш мир – лишь мимолетное явление в этом цикле.

The human race plays but a little role in the universe.

Человечество играет лишь незначительную роль во Вселенной.

The theosophists have hinted at strange methods of survival.

Теософы намекали на странные методы выживания.

But their suggestions would freeze a rational man's blood.

Но их предложения повергли бы в шок любого здравомыслящего человека.

Only the optimism of their ideas hides the horror.

Лишь оптимизм их идей скрывает ужас.

But it is not their ideas that chill me the most.

Но меня больше всего пугают не их идеи.

It is something else that fills me with terror.

Меня ужасает нечто другое.

The single glimpse of forbidden eons I have seen.

Единственный проблеск запретных эпох, который мне довелось увидеть.

When I think of what I saw my blood stands still.

Когда я думаю о том, что видела, у меня кровь замирает.

Restlessness plagues my dreams since that glimpse.

С тех пор, как я это увидел, меня мучают сны, полные беспокойства.

It came to me like all dreaded glimpses of truth.

Это обрушилось на меня подобно пугающим проблескам истины.

An accidental piecing together of separated things.

Случайное соединение разрозненных вещей.

An old newspaper item and the notes of a dead professor.

Старая газетная заметка и записи покойного профессора.

In a flash everything was pieced together before me.

В одно мгновение все сложилось передо мной.

I hope no one else will accomplish this terrible insight.

Надеюсь, никто больше не добьётся этого ужасного прозрения.

Certainly, if I live, I shall never help anyone to know it.

Конечно, если я доживу до этого момента, я никогда никому не помогу об этом узнать.

I shall never knowingly supply a link in so hideous a chain.

Я никогда сознательно не стану звеном в столь ужасной цепи.

I think that the professor, too, intended to keep silent.

Я думаю, что профессор тоже намеревался промолчать.

He didn't mean to share the secrets that he knew.

Он не хотел раскрывать известные ему секреты.

And I'm sure he would have destroyed his notes.

И я уверен, что он бы уничтожил свои записи.

If he had not been seized by sudden and suspicious death.

Если бы его не постигла внезапная и подозрительная смерть.

***

My knowledge of the thing began in the winter of 1926-27.

Мои знания об этом появились зимой 1926-27 годов.

My great-uncle was the professor George Gammell Angell.

Моим двоюродным дедом был профессор Джордж Гаммелл Энджелл.

He was the Professor Emeritus of Semitic languages.

Он был почетным профессором семитских языков.

He lectured in Brown University, Providence, Rhode Island.

Он читал лекции в Браунском университете в Провиденсе, штат Род-Айленд.

His death, at the age of ninety-two, triggered the event.

Его смерть в возрасте девяноста двух лет послужила толчком к этим событиям.

He was widely known as an authority on ancient inscriptions.

Он был широко известен как авторитет в области древних надписей.

Heads of prominent museums came to him for his expertise.

Руководители известных музеев обращались к нему за экспертной помощью.

So his death was noticed by many within academic circles.

Поэтому его смерть привлекла внимание многих в академических кругах.

Interest was intensified by the obscurity of his death.

Интерес к нему усилился из-за неизвестности, с которой он скончался.

It occurred as he was disembarking from the Newport boat.

Это произошло, когда он сходил с катера, курсировавшего между Ньюпортом и другими городами.

Witnesses say a dark nautical-looking fellow had jostled him.

По словам очевидцев, его толкнул темноволосый мужчина в морской форме.

After being stricken, he fell suddenly, witnesses say.

По словам очевидцев, после удара он внезапно упал.

Physicians were unable to find any visible disorder.

Врачи не смогли обнаружить никаких видимых нарушений.

After some perplexed debate they reached their conclusion.

После непродолжительных и запутанных дебатов они пришли к своему выводу.

"It must have been a lesion of the heart," they agreed.

«Должно быть, это было поражение сердца», — согласились они.

"After all, he was rather an elderly man," they added.

«В конце концов, он был довольно пожилым человеком», — добавили они.

"the brisk ascent of the steep hill caused his end."

«Быстрый подъем по крутому склону холма стал причиной его гибели».

At the time I saw no reason to dissent from this dictum.

В то время я не видел причин не соглашаться с этим
утверждением.
But latterly I am inclined to wonder about their conclusion.
Но в последнее время я склонен задуматься над их
выводами.
And I do more than just wonder if they were right.
И я не просто задаюсь вопросом, были ли они правы.

***

My grand-uncle died alone as a childless widower.
Мой двоюродный дед умер в одиночестве, бездетный
вдовец.
And so I became heir and executor to his possessions.
Таким образом, я стал наследником и исполнителем его
завещания.
So I was expected to go over his papers and writings.
Поэтому от меня ожидали, что я изучу его документы и
труды.
I moved his entire set of files and boxes to my Boston home.
Я перевез весь его комплект документов и коробок к себе
домой в Бостон.
Much of the materials I collected will later be published.
Большая часть собранных мной материалов будет
впоследствии опубликована.
Many academics in his field took great interest in his work.
Многие ученые в его области проявили большой интерес к
его работам.
The American archeological society relied on him greatly.
Американское археологическое общество в значительной
степени полагалось на него.
But there was one box which I found exceedingly puzzling.
Но была одна коробка, которая меня крайне озадачила.
I felt much averse from showing these files to other eyes.
Мне было крайне неловко показывать эти файлы другим
людям.
The box had been locked, unlike the other boxes.

В отличие от остальных ящиков, этот был заперт.

And initially I found no key that would open this box.

Сначала я не нашел ключа, который позволил бы открыть эту коробку.

But then the location of the key occurred to me.

Но потом мне пришло в голову, где находится ключ.

The professor always carried a keyring in his pocket.

Профессор всегда носил в кармане связку ключей.

It was indeed one of these keys that opened the box.

Именно один из этих ключей и открыл шкатулку.

But in the box was a still more closely locked barrier.

Но внутри коробки находился еще более плотно закрытый барьер.

What could be the meaning of the queer bas-relief?

Что может означать этот странный барельеф?

Various paper cuttings accompanied the bas-relief.

Барельеф сопровождался различными вырезками из бумаги.

What did the disjointed jottings and ramblings allude to?

На что указывали эти бессвязные заметки и размышления?

Had my uncle become credulous to superficial impostures?

Неужели мой дядя стал слишком доверчив к поверхностным обманам?

Perhaps in his later years his criticalness thought slowed.

Возможно, в последние годы его критическое мышление замедлилось.

Someone had disturbed this old man's peace of mind.

Кто-то нарушил душевный покой этого старика.

And so I resolved to locate the eccentric sculptor.

И поэтому я решил разыскать этого эксцентричного скульптора.

The man who set in motion my uncle's strange obsession.

Человек, который положил начало странной одержимости моего дяди.

***

The bas-relief was roughly shaped like a rectangle.
Барельеф имел приблизительно прямоугольную форму.
The rectangular shape was less than an inch thick.
Прямоугольная деталь имела толщину менее дюйма.
And the bas-relief was about five by six inches in area.
Площадь барельефа составляла примерно пять на шесть дюймов.
It was obvious that the bas-relief was of modern origin.
Было очевидно, что барельеф имеет современное происхождение.
The designs, however, were far from modern in atmosphere.
Однако по своему дизайну эти здания были далеки от современных по атмосфере.
The inscriptions suggested a far older civilization.
Надписи указывали на гораздо более древнюю цивилизацию.
The vagaries of cubism and futurism were many and wild.
Причуды кубизма и футуризма были многочисленны и непредсказуемы.
But normally such patterns fail to produce regularity.
Но обычно такие закономерности не приводят к появлению регулярности.
The cryptic regularity which lurks in prehistoric writing.
Загадочная закономерность, которая скрывается в доисторической письменности.
This regularity was certainly present in the bas-relief.
Эта закономерность, безусловно, присутствовала в барельефе.
I was certain the inscriptions represented a writing system.
Я был уверен, что надписи представляют собой систему письма.
I had some familiarity with the papers of my uncle.
Я был в некоторой степени знаком с документами своего дяди.
And I had looked through all of his collections and works.
И я просмотрел все его коллекции и работы.

But I failed to find any writing that was similar.

Но мне не удалось найти ничего похожего.

I could not geographically place this alphabet in any way.

Я никак не мог определить географическое местоположение этого алфавита.

Nor could I guess from what time this writing came from.

Я также не мог предположить, к какому времени относится это произведение.

Above these apparent hieroglyphics there was a figure.

Над этими, казалось бы, иероглифами располагалась фигура.

The figure was evidently only of pictorial intent.

Изображение, очевидно, носило исключительно изобразительный характер.

The impressionism of the picture added to the mystery.

Импрессионизм картины лишь усиливал ощущение загадочности.

No clear idea of the creature's nature could be discerned.

Никакого ясного представления о природе этого существа не удалось получить.

The creature seemed to be a monster, of some sort.

Существо выглядело как какой-то монстр.

Or the symbol represented a monster, of some sort.

Или же этот символ представлял собой какое-то чудовище.

Only a diseased mind could conceive of such a form.

Только больной разум мог представить себе подобную форму.

My imagination yielded different pictures simultaneously.

Мое воображение одновременно порождало разные картины.

But my imagination may also be somewhat extravagant.

Но мое воображение, возможно, несколько преувеличено.

An octopus, a dragon, and also a human caricature.

Осьминог, дракон, а также карикатура на человека.

I shall try not be unfaithful to the spirit of the thing.

Я постараюсь не нарушать дух дела.

A pulpy, tentacled head surmounted a scaly body.

На чешуйчатом теле возвышалась мясистая голова с щупальцами.

Rudimentary wings protruded from the grotesque shape.

Из этой гротескной фигуры торчали зачаточные крылья.

But the shape of the monster wasn't even the worst part.

Но худшее заключалось даже не в форме чудовища.

The background of the picture was even more frightening.

Фон на фотографии был ещё более пугающим.

The scenery had a vague suggestion of another civilization.

Пейзаж смутно напоминал другую цивилизацию.

Cyclopean architecture from a forgotten part of the world.

Циклопическая архитектура из забытой части света.

***

Only some notes and press cuttings accompanied the oddity.

Эта странная вещь сопровождалась лишь несколькими записками и вырезками из прессы.

The press cuttings seemed to be only vaguely related.

Вырезки из прессы, казалось, имели лишь отдаленное отношение друг к другу.

The hand written notes were all from my uncle.

Все рукописные записки были от моего дяди.

But his notes made no pretense to any literary style.

Но в его записях не было никаких претензий на литературный стиль.

There was no ordering mechanism to any of the papers.

Ни одна из статей не была упорядочена по порядку.

Although there seemed to be a master document to the notes.

Хотя, судя по всему, существовал некий основной документ, содержащий эти заметки.

This document was ascribed to the cult of Cthulhu

Этот документ приписывается культу Ктулху.

The word's letters had been painstakingly written out.

Буквы этого слова были выписаны с невероятной тщательностью.

There should be no erroneous reading of the unheard of word.

Не следует допускать ошибочного толкования незнакомого слова.

This Cthulhu manuscript was divided into two sections;

Этот манускрипт, посвященный Ктулху, был разделен на две части;

The first manuscript was titled the following:

Первая рукопись носила следующее название:

"1925 - Dream and Dream Work of H. A. Wilcox"

«1925 год — Мечты и творческое видение Х. А. Уилкокса»

"7 Thomas St., Providence, Road Island"

«7 Томас-стрит, Провиденс, Роуд-Айленд»

And the second manuscript was titled the following:

А вторая рукопись носила следующее название:

"Narrative of Inspector John R. Legrasse"

«Рассказ инспектора Джона Р. Леграсса»

"121 Bienville St., New Orleans, 1908 Meetings."

«Встречи, 1908 год, улица Бьенвиль, 121, Новый Орлеан».

"Notes on Same, & Prof. Webb's account of events"

«Заметки о Сэме и изложение событий профессором Уэббом»

The other manuscript papers were all brief notes.

Остальные рукописные документы представляли собой краткие заметки.

Some manuscripts described the queer dreams of different persons.

В некоторых рукописях описывались странные сны разных людей.

Some manuscripts cited from theosophical books and magazines.

Некоторые рукописи, цитируемые из теософских книг и журналов.

Notably, most of these citations were from W. Scott-Eliott.

Примечательно, что большинство этих цитат принадлежали У. Скотт-Элиотту.

Mainly the notes referenced Atlantis and the Lost Lemuria.

В основном в заметках упоминались Атлантида и Затерянная Лемурия.

The other notes commented on long-surviving secret societies.

В других записках упоминались давно существующие тайные общества.

Hidden cults that may or may not still exist somewhere.

Скрытые культы, которые, возможно, до сих пор где-то существуют.

Two books seemed to provide most of the information;

По всей видимости, большая часть информации содержалась в двух книгах;

Miss Murray's Witch-Cult in Western Europe.

Культ ведьм мисс Мюррей в Западной Европе.

This book thoroughly detailed Mythological sources.

В этой книге подробно изложены мифологические источники.

And Frazer's Golden Bough provided anthropological sources.

А книга Фрейзера «Золотая ветвь» послужила источником антропологических данных.

***

The cuttings largely alluded to outré mental illnesses.

В этих вырезках в основном содержались отсылки к экстравагантным психическим заболеваниям.

Outbreaks of group folly and mania in the spring of 1925.

Вспышки группового безумия и мании весной 1925 года.

The first half of the manuscript told a very peculiar tale.

Первая половина рукописи рассказывала весьма необычную историю.

1925, the 1st of March, a thin dark young man came to my uncle.

1 марта 1925 года к моему дяде пришёл худой темноволосый молодой человек.

The manuscript describes his neurotic and excited aspect.

В рукописи описывается его невротическое и возбужденное состояние.

And he bore with him the strange bas-relief.

И он нёс с собой странный барельеф.

At that time the bas-relief was exceedingly damp and fresh.

В то время барельеф был чрезвычайно влажным и свежим.

His card bore the name of Henry Anthony Wilcox.

На его визитной карточке было указано имя Генри Энтони Уилкокс.

And my uncle had slightly recognized who he was.

И мой дядя смутно узнал его.

He was the youngest son of an excellent family.

Он был младшим сыном в знатной семье.

Latterly he had been studying sculpture at Rhode Island.

В последнее время он изучал скульптуру в Род-Айленде.

He lived alone at the Fleur-de-Lys Building.

Он жил один в здании "Флер-де-Лис".

His residences were near the university.

Его жилище находилось недалеко от университета.

Wilcox was a precocious youth of known genius.

Уилкокс был одарённым юношей, известным своим гением.

But he was also known for his great eccentricity.

Но он также был известен своей крайней эксцентричностью.

From childhood he had excited the attention of others.

С самого детства он привлекал к себе внимание окружающих.

He told of strange stories no one had told him about.

Он рассказывал странные истории, о которых ему никто не рассказывал.

And he was in the habit of relating strange dreams.

И он имел обыкновение рассказывать о странных снах.

He described himself as "psychically hypersensitive".

Он описал себя как человека с «психической гиперчувствительностью».

But those around him had other descriptions for him.

Но окружающие описывали его иначе.

They were staid folk of the ancient commercial city.

Это были степенные люди из древнего торгового города.

And they dismissed him as merely strange and "queer".

И они отмахнулись от него, назвав просто странным и "чудаком".

And so he never mingled much with his kind.

Поэтому он почти не общался с себе подобными.

And he had dropped gradually from social visibility.

И он постепенно перестал быть заметным в обществе.

Now he is known only to a small group of esthetes.

Теперь он известен лишь небольшой группе эстетов.

And those who knew him came mostly from other towns.

А те, кто его знал, приехали в основном из других городов.

Even the Providence art club had found him quite hopeless.

Даже художественный клуб Провиденса счёл его совершенно безнадёжным.

Of course they were anxious to preserve their conservatism.

Разумеется, они стремились сохранить свой консерватизм.

***

The professor's manuscript continued to describe the visit.

В рукописи профессора далее описывался визит.

The sculptor abruptly asked for his host's archeological knowledge.

Скульптор внезапно потребовал от хозяина представления о его знаниях в области археологии.

He wanted him to identify the hieroglyphics on the bas-relief.

Он хотел, чтобы тот опознал иероглифы на барельефе.

He spoke in a dreamy and rather stilted manner.

Он говорил мечтательно и довольно неестественно.

His speech suggested pose and alienated sympathy.

Его речь создавала впечатление позерства и отталкивала сочувствие.

And my uncle showed some sharpness in his reply.

И мой дядя ответил довольно резко.

Because the bas-relief was still conspicuously freshness.

Потому что барельеф по-прежнему отличался заметной свежестью.

So there was no need for any kinship with archeology.

Поэтому не было необходимости в каких-либо родственных связях с археологией.

Young Wilcox's rejoinder was of a fantastically poetic cast.

Ответ молодого Уилкокса отличался фантастически поэтическим оттенком.

My uncle must have been impressed with the reply.

Ответ, должно быть, произвел на моего дядю сильное впечатление.

And he recorded the reply of Wilcox verbatim.

И он дословно записал ответ Уилкокса.

"The bas-relief is indeed still conspicuously fresh."

«Барельеф действительно выглядит на удивление свежим».

"Because I made this bas-relief last night, after a dream."

«Потому что я создал этот барельеф прошлой ночью, после сна».

"A dream of strange cities and stranger people."

«Мечта о странных городах и еще более странных людях».

"And dreams are older than brooding Tyros."

«А мечты старше, чем угрюмые юноши».

"Dreams are older than the contemplative Sphinx."

«Сны старше созерцательного Сфинкса».

"And dreams are older than the garden-girdled Babylon."

«И сны старше, чем опоясанный садом Вавилон».

This type of speech turned out to be characteristic of him.

Такой стиль речи оказался для него характерным.

It was then that he began that rambling tale.

Именно тогда он и начал свой пространный рассказ.

The tale which suddenly played upon a sleeping memory.

История, которая внезапно всплыла в памяти, пробудив спящее воспоминание.

The tale that won the fevered interest of my uncle.

История, которая вызвала неподдельный интерес у моего дяди.

***

There had been a slight earthquake tremor the night before.

Накануне ночью произошло небольшое землетрясение.

The most considerable tremor New England had felt for some years.

Это было самое сильное землетрясение, которое Новая Англия ощущала за последние несколько лет.

Wilcox's imagination had been keenly affected by the earthquake.

Землетрясение сильно повлияло на воображение Уилкокса.

He had had an unprecedented dream of great Cyclopean cities.

Ему приснился беспрецедентный сон о великих циклопических городах.

He dreamed of Titan blocks and sky-flung monoliths.

Ему снились титанические блоки и возвышающиеся до небес монолиты.

All the architecture was dripping with green ooze.

Вся архитектура была покрыта зеленой слизью.

And his dreams were sinister with latent horror.

Его сны были зловещими и полными скрытого ужаса.

Hieroglyphics had covered the walls and pillars.

Стены и колонны были покрыты иероглифами.

From somewhere underneath there came a sound.

Откуда-то снизу донесся звук.

The sound was of a voice, but it was not a voice.

Это был голос, но это был не голос.

A chaotic sensation which only fancy could transmute into sound.

Хаотичное ощущение, которое лишь фантазия могла преобразовать в звук.

He attempted to say the almost unpronounceable word.

Он попытался произнести это почти непроизносимое слово.

A jumble of unlikely letters; "Cthulhu fhtagn".

Нагромождение нелепых букв; "Cthulhu fhtagn".

This verbal jumble was the key to my uncle's recollection.

Эта словесная неразбериха стала ключом к воспоминаниям моего дяди.

This strange sound excited and disturbed Professor Angell.

Этот странный звук взволновал и встревожил профессора Энджелла.

He questioned the sculptor with scientific minuteness.

Он досконально, с научной точностью, расспросил скульптора.

He studied the bas-relief with almost frantic intensity.

Он изучал барельеф с почти маниакальной сосредоточенностью.

My uncle blamed his old age, Wilcox afterward said.

«Мой дядя винил в этом свой преклонный возраст», — сказал впоследствии Уилкокс.

In his younger days he would have recognized the hieroglyphics.

В молодости он бы узнал иероглифы.

The pictorial design wouldn't have puzzled his sharper mind.

Иллюстративный дизайн вряд ли бы озадачил его более острый ум.

Many of his questions seemed highly out of place to his visitor.

Многие из его вопросов показались посетителю совершенно неуместными.

He tried to connect him to strange mythological cults.

Он пытался связать его со странными мифологическими культами.

He tried to get him to admit affiliation to secret societies.

Он пытался заставить его признать свою принадлежность
к тайным обществам.
My uncle even promised to keep his visitor's secret.
Мой дядя даже пообещал сохранить в тайне личность
своего гостя.
"Are you not part of a widespread mystical group?"
«Разве вы не принадлежите к широко распространенной
мистической группе?»
"Are you not a member of a paganly religious body?"
«Разве вы не являетесь членом языческой религиозной
организации?»
**Eventually he became convinced the sculptor wasn't a
member.**
В конце концов он убедился, что скульптор не является
членом этой организации.
He was indeed ignorant of any cult or system of cryptic lore.
Он действительно ничего не знал ни о каких культах или
системах таинственных знаний.
**He besieged his visitor with demands for future reports of
dreams.**
Он осадил своего посетителя, требуя в будущем
отчитываться о своих снах.
This strange request bore regular and interesting fruit.
Эта странная просьба регулярно приносила интересные
результаты.

***

After the first interview the manuscript records daily calls.
После первого интервью в рукописи зафиксированы
ежедневные телефонные звонки.
He related startling fragments of nocturnal imagery.
Он рассказал поразительные фрагменты ночных образов.
There were always the same themes in his dreams.
В его снах всегда повторялись одни и те же темы.
A terrible Cyclopean vista of dark and dripping stone.

Ужасающий циклопический пейзаж из темных, покрытых каплями камней.

A subterranean voice or intelligence shouting monotonously.

Подпольный голос или голос разума, монотонно кричащий.

Two sounds seemed to repeat themselves in his dreams.

В его снах, казалось, повторялись два звука.

But these sounds were as enigmatic as the other sounds.

Но эти звуки были столь же загадочны, как и все остальные.

The sounds can only be rendered by the letters "Cthulhu" and "R'lyeh".

Эти звуки можно воспроизвести только с помощью букв «Ктулху» и «Р'лиех».

On March 23rd, the manuscript continued, Wilcox failed to come.

«23 марта, — продолжала рукопись, — Уилкокс не явился».

My uncle made inquiries at the quarters of his whereabouts.

Мой дядя расспросил в том месте, где он находился.

That night he had been stricken with an obscure sort of fever.

В ту ночь его поразила какая-то непонятная лихорадка.

And he was taken to the home of his family in Waterman Street.

И его отвезли в дом его семьи на улице Уотерман.

That night he had cried out in one of his dreams.

Той ночью ему приснился крик.

His cries aroused several other artists in the building.

Его крики разбудили нескольких других художников, находившихся в здании.

And he was between alternations of unconsciousness and delirium.

Он попеременно пребывал в состоянии бессознательности и бреда.

My uncle at once telephoned the family of Wilcox.

Мой дядя тут же позвонил семье Уилкокса.

And from that time forward he kept close watch of the case.

И с тех пор он внимательно следил за этим делом.

He called often at the Thayer Street office of Dr. Tobey.

Он часто бывал в офисе доктора Тобея на улице Тейер.

Dr. Tobey was in charge of the patient's condition.

Доктор Тобей отвечал за состояние пациента.

The youth's febrile mind was dwelling on strange things.

В лихорадочном состоянии юноша был поглощен странными мыслями.

The doctor shuddered now and then as he spoke of the dreams.

Врач время от времени вздрагивал, рассказывая о своих снах.

The dreams repeated a lot of the earlier themes.

В снах повторялись многие из ранее затронутых тем.

But now his dreams made mention of something new.

Но теперь в его снах упоминалось нечто новое.

A gigantic thing "a miles high" which walked, or lumbered about.

Гигантское сооружение высотой в милю, которое передвигалось, или, скорее, тяжело ступало.

He at no time fully described this object in any detail.

Он так и не описал этот объект подробно ни в какой степени.

But Dr. Tobey relayed the frantic words of his patient.

Но доктор Тобей передал отчаянные слова своего пациента.

And the professor became increasingly certain of what it was.

И профессор всё больше убеждался в том, что это такое.

The nameless monstrosity he had sought to depict in his sculpture.

Безымянное чудовище, которое он стремился изобразить в своей скульптуре.

The doctor had mentioned the bas-relief he had made.

Врач упомянул о барельефе, который он изготовил.

This mention preludes the young man's subsidence into lethargy.

Это упоминание предвещает погружение молодого человека в летаргию.

His temperature, oddly enough, was not greatly above normal.

Как ни странно, его температура ненамного превышала норму.

But his general condition suggested he was in a fever.

Однако его общее состояние указывало на то, что у него была высокая температура.

A fever, as opposed to being in the grasp of a mental disorder.

Повышенная температура, в отличие от психического расстройства.

***

On April 2nd at about 3 p.m. the fever came to an end.

2 апреля около 15:00 температура спала.

Every trace of Wilcox's malady suddenly ceased.

Все следы болезни Уилкокса внезапно исчезли.

He sat upright in bed as if waking up from regular sleep.

Он сел в постели, словно просыпаясь после обычного сна.

He was astonished to find himself at his parents' home.

Он был поражен, обнаружив себя в доме своих родителей.

And he was completely ignorant of what had happened.

И он совершенно не знал о том, что произошло.

Neither dream nor reality had made an impression on his mind.

Ни сон, ни реальность не произвели на него никакого впечатления.

Dr. Tobey pronounced him fit to be dismissed from his care.

Доктор Тобей признал его годным к выписке из-под своего наблюдения.

And he returned to his quarters three days later.

И через три дня он вернулся в свои покои.

But to Professor Angell he was of no further assistance.

Но профессору Энджеллу он больше ничем не помог.

All traces of strange dreaming had vanished with his recovery.

После выздоровления все следы странных снов исчезли.

For a week he recounted irrelevant and thoroughly usual visions.

Целую неделю он рассказывал о совершенно не относящихся к делу и совершенно обычных видениях.

And my uncle kept no further record of his night-thoughts.

А мой дядя больше не вел записей о своих ночных мыслях.

At this point the first part of the manuscript ended.

На этом этапе первая часть рукописи завершилась.

But my research was still anything but concluded.

Но мое исследование еще далеко не завершено.

References to scattered notes helped piece things together.

Обращения к разрозненным запискам помогли собрать все воедино.

And there was more than enough material for thought.

И материала для размышлений было более чем достаточно.

My distrust of the artist had still not subsided.

Моё недоверие к художнику так и не улетучилось.

But this was largely a result of my ingrained skepticism.

Но это во многом было результатом моего укоренившегося скептицизма.

The notes described the dreams of various persons.

В записках описывались сны разных людей.

These dreams all occurred while young Wilcox was in his fever.

Все эти сны приснились юному Уилкоксу, когда у него была лихорадка.

My uncle, it seems, wasted no time in collecting the data.

По всей видимости, мой дядя не терял времени и сразу же принялся собирать данные.

He had quickly instituted a prodigiously far-flung body of inquiries.

Он быстро инициировал чрезвычайно масштабное
расследование.
Any friend that didn't show impertinence he questioned.
Любого друга, который не проявлял дерзости, он
подвергал сомнению.
He requested from them nightly reports of their dreams.
Он просил их ежедневно рассказывать о своих снах.
And he asked if they had had any notable visions of late.
И он спросил, были ли у них в последнее время какие-
либо примечательные видения.
The reception of his request seems to have been varied.
Реакция на его просьбу, по-видимому, была
неоднозначной.
But there was certainly no shortage in replies.
Но, безусловно, недостатка в ответах не было.
No ordinary man could have handled the replies alone.
Обычный человек не смог бы справиться с ответами в
одиночку.
The original correspondences were not preserved.
Оригиналы переписки не сохранились.
But his notes formed a thorough and significant digest.
Но его заметки представляли собой подробный и
содержательный обзор.

***

Initially he had approached average people in society.
Изначально он обращался к обычным людям в обществе.
New England's traditional "salt of the earth".
Традиционный для Новой Англии «соль земли».
But this group gave an almost completely negative result.
Но эта группа дала практически полностью
отрицательный результат.
Though there were some exceptions to this group too.
Хотя и в этой группе были некоторые исключения.
**Scattered cases of uneasy but formless nocturnal
impressions.**

Отдельные случаи тревожных, но бесформенных ночных впечатлений.

Their reports were always between March 23rd and April 2nd.

Их отчеты всегда выходили в период с 23 марта по 2 апреля.

This aligned with the same period of young Wilcox's delirium.

Это совпало с периодом бреда у молодого Уилкокса.

Men of science had been only a little more affected.

На ученых это повлияло лишь в меньшей степени.

Though four cases of vague description were of interest.

Хотя четыре случая с нечетким описанием представляли интерес.

They had had fugitive glimpses of strange landscapes.

Они мельком видели странные пейзажи.

And in one case a dread of something abnormal was mentioned.

А в одном случае было упомянуто опасение чего-то ненормального.

It was from the artists and poets that the pertinent answers came.

Ответы на эти вопросы пришли от художников и поэтов.

It is a blessing no one had been able to compare notes.

Как хорошо, что никто не мог обменяться опытом.

Panic would have broken loose had they shared their visions.

Если бы они поделились своими видениями, началась бы паника.

This, however, did not dispel my ingrained skepticism.

Однако это не развеяло мой укоренившийся скептицизм.

Others might have come to mythical conclusions much quicker.

Другие же могли бы прийти к мифическим выводам гораздо быстрее.

But the original letters were lacking from the notes.

Но оригиналы писем в записках отсутствовали.

I half suspected the compiler of having asked leading questions.

У меня возникло подозрение, что составитель задавал наводящие вопросы.

Or perhaps the correspondences weren't entirely original.

Или, возможно, эти соответствия не были полностью оригинальными.

Perhaps my uncle had resolved to confirm Wilcox's dreams.

Возможно, мой дядя решил подтвердить сны Уилкокса.

That is why I continued to feel suspicious of the sculptor.

Именно поэтому я продолжал с подозрением относиться к скульптору.

Perhaps he was still cognizant of my uncle's old data.

Возможно, он всё ещё помнил старые данные моего дяди.

Perhaps he had been imposing on the veteran scientist.

Возможно, он пытался создать неудобства для опытного учёного.

Nonetheless, the corroborating data had to be investigated.

Тем не менее, подтверждающие данные необходимо было исследовать.

***

The responses from the esthetes told a disturbing tale.

Ответы эстетов рассказали тревожную историю.

From February 28th to April 2nd their dreams aligned.

С 28 февраля по 2 апреля их мечты совпали.

And a large proportion of them had dreamed very bizarre things.

И значительная часть из них видела во сне очень странные вещи.

The timing of the intensity of their dreams was also of interest.

Интерес представляло также время наступления интенсивности их снов.

The period of the sculptor's delirium marked a highpoint.

Период бреда скульптора стал кульминацией его карьеры.

The intensity of their dreams were immeasurably the stronger.

Интенсивность их снов была неизмеримо выше.

Over a quarter reported unfamiliar and unpronounceable sounds.

Более четверти опрошенных сообщили о незнакомых и труднопроизносимых звуках.

Noises not dissimilar to what Wilcox had also described.

Шумы, не сильно отличающиеся от тех, которые описывал и Уилкокс.

Some described highly elaborate and impossible architecture.

Некоторые описывали чрезвычайно сложную и невозможную архитектуру.

And some of the dreamers confessed to an acute fear.

А некоторые из мечтателей признались, что испытывали сильный страх.

Like Wilcox, they had seen some gigantic nameless thing.

Как и Уилкокс, они видели какое-то гигантское безымянное существо.

One case, which the note describes with emphasis, was very sad.

Один случай, который в примечании описан с особым акцентом, был очень печальным.

The subject was a widely known architect of the region.

Речь шла о широко известном архитекторе этого региона.

He too had leanings toward theosophy and occultism.

Он тоже тяготел к теософии и оккультизму.

This man went violently insane on March the 22nd.

Этот человек сошёл с ума 22 марта.

The exact same date of young Wilcox's seizure.

Это произошло в тот же самый день, когда у юного Уилкокса случился приступ.

He expired several months later, after incessant screaming.

Он скончался несколько месяцев спустя, после непрекращающихся криков.

He begged to be saved from some escaped denizen of hell.

Он умолял спасти его от какого-то сбежавшего обитателя ада.

Regrettably, my uncle did not refer to these cases by name.

К сожалению, мой дядя не упомянул эти случаи по именам.

Instead, all studies were given nothing more than a number.

Вместо этого всем исследованиям был присвоен лишь номер.

This way I was limited in attempting any personal investigation.

Таким образом, мои возможности по проведению личного расследования были ограничены.

And corroborating the evidence further was demanding.

Дальнейшее подтверждение этих доказательств представляло собой сложную задачу.

But finally I did succeed in tracing down some cases.

Но в конце концов мне все же удалось отследить некоторые случаи.

I should have trusted the notes from my uncle.

Мне следовало довериться записям дяди.

They reported their dreams true to their reports.

Они сообщили, что их сны соответствовали их рассказам.

I have often wondered what they thought the questioning meant.

Я часто задавался вопросом, что, по их мнению, означали эти вопросы.

It is for the best that no explanation shall ever reach them.

Лучше всего, что до них никогда не дойдет никакое объяснение.

***

As I have mentioned, my uncle also collected press clippings.

Как я уже упоминал, мой дядя тоже собирал вырезки из газет.

These press clippings corresponded to the dates in question.

Эти вырезки из прессы соответствовали указанным датам.

The sources were scattered throughout the globe.

Источники были разбросаны по всему миру.

Professor Angell must have employed a cutting bureau.

Профессору Энджеллу, должно быть, приходилось пользоваться услугами типографии.

Because the number of extracts was tremendous.

Потому что количество экстрактов было огромным.

There was a parallel to this part of his research.

В этой части его исследований прослеживалась параллель.

Cases of panic, mania, and eccentricity.

Случаи паники, мании и эксцентричности.

One case was a nocturnal suicide in London.

Один из случаев — ночное самоубийство в Лондоне.

A lone sleeper had leaped from a window after a shocking cry.

Одинокий спящий человек выпрыгнул из окна, услышав шокирующий крик.

A rambling letter to the editor of a paper in South America.

Бессвязное письмо редактору газеты в Южной Америке.

A fanatic deduces a dire future from visions he had had.

Фанатик делает мрачные выводы о будущем, основываясь на своих видениях.

A dispatch from California describes a theosophist colony.

В сообщении из Калифорнии описывается колония теософов.

They donned white robes en masse for some "glorious fulfilment".

Они все вместе облачились в белые одежды ради некоего «славного исполнения желаний».

Although that "glorious fulfilment" never arose.

Хотя это «славное исполнение» так и не наступило.

There seems to be serious unrest from the natives in India.

Похоже, среди коренного населения Индии наблюдается серьезное недовольство.

Voodoo orgies multiplied in Haiti.

В Гаити участились оргии вуду.

African outposts report ominous mutterings.
Из африканских форпостов доносятся зловещие бормотания.
American officers in the Philippines find certain tribes bothersome.
Американские офицеры на Филиппинах считают некоторые племена проблемными.
New York policemen are mobbed by hysterical Levantines.
Нью-йоркских полицейских окружила толпа истеричных левантийцев.
This occurred exactly on the night of March 22-23.
Это произошло ровно в ночь с 22 на 23 марта.
The west of Ireland, too, was full of wild rumor and legendry.
Западная Ирландия тоже была полна диких слухов и легенд.
A fantastic painter named Ardois-Bonnot made the news in France.
В новостях Франции фигурировал талантливый художник по имени Ардуа-Бонно.
He hung a blasphemous dream landscape in the Paris spring salon.
Он вывесил кощунственный пейзаж-мечту в парижском весеннем салоне.
The recorded troubles in insane asylums were immeasurable.
Зафиксированные проблемы в психиатрических лечебницах были неизмеримы.
A miracle must have kept the medical fraternities unsuspecting.
Должно быть, чудо уберегло медицинское сообщество от каких-то подозрений.
But they never noted the strange parallelisms of the cases.
Но они никогда не обращали внимания на странные параллели между этими случаями.
Else they too would have come to mystified conclusions.

В противном случае они тоже пришли бы к озадаченным выводам.

I must confess these were indeed a set of weird paper cuttings.

Должен признаться, это были действительно странные бумажные вырезки.

My uncle had put forward a convincing argument.

Мой дядя привёл убедительные аргументы.

I can't explain how I set the evidence aside.

Я не могу объяснить, как я отложил эти доказательства в сторону.

But my callous rationalism took the upper hand.

Но мой черствый рационализм взял верх.

And I was still suspicious of the young sculptor, Wilcox.

И я по-прежнему с подозрением относился к молодому скульптору Уилкоксу.

He must have known of the older matters mentioned by the professor.

Он, должно быть, был в курсе более ранних событий, упомянутых профессором.

The Tale of Inspecter Legrasse
Сказка об инспекторе Леграссе

Let me turn your attention away from the young sculptor.
Позвольте мне переключить ваше внимание с молодого скульптора.
And let us focus on the second half of the manuscript.
А теперь давайте сосредоточимся на второй половине рукописи.
A few dreams alone would not have been so significant.
Несколько мечтаний сами по себе не имели бы такого значения.
The bas-relief could have been dismissed as a hoax.
Барельеф можно было бы счесть мистификацией.
But my uncle had previously been primed to take interest.
Но мой дядя был заранее готов проявить интерес.
Wilcox's dream seemed to have a link to past events.
Сон Уилкокса, по-видимому, был связан с событиями прошлого.
It wasn't the first time that he had heard that word.
Он слышал это слово не в первый раз.
The ominous syllables perhaps written as "Cthulhu".
Зловещие слоги, возможно, записаны как "Ктулху".
He had seen and heard of similar descriptions before.
Он уже видел и слышал подобные описания раньше.
The hellish outlines of the nameless monstrosity.
Ужасающие очертания безымянного чудовища.
He had previously puzzled over the same hieroglyphics.
Ранее он уже ломал голову над этими же иероглифами.
All this produced a horrible connection of events.
Всё это привело к ужасной череде событий.
It is no wonder he pursued young Wilcox with queries.
Неудивительно, что он засыпал молодого Уилкокса вопросами.
And we must not be surprised he interrogated Wilcox so.
И нас не должно удивлять, что он так допрашивал Уилкокса.

This earlier experience had come in the year of 1908.

Этот предыдущий опыт был получен в 1908 году.

Seventeen years before Wilcox came to my great-uncle.

За семнадцать лет до того, как Уилкокс приехал к моему двоюродному деду.

The archeological society were meeting in St. Louis.

Археологическое общество проводило встречу в Сент-Луисе.

Professor Angell had a prominent part in the deliberations.

Профессор Энджелл принимал активное участие в обсуждениях.

His responsibilities befitted one of his authority.

Его обязанности соответствовали занимаемой им должности.

He was one of the first to be approached by several outsiders.

Он был одним из первых, к кому обратились несколько посторонних.

They took advantage of the convocation to offer questions.

Они воспользовались возможностью задать вопросы во время собрания.

They hoped for correct answering from an expert.

Они надеялись получить правильный ответ от эксперта.

They each had very peculiar types of problems.

У каждого из них были весьма специфические проблемы.

And they required very different types of solutions.

И для них требовались совершенно разные решения.

The chief of these was a common-looking middle-aged man.

Главным из них был обычный на вид мужчина средних лет.

And he quickly became the meeting's focus of interest.

И он быстро стал центром внимания на встрече.

***

He had traveled to St. Louis all the way from New Orleans.

Он проделал долгий путь до Сент-Луиса из Нового Орлеана.

He had come to the meeting for special information.

Он пришел на встречу за важной информацией.

Knowledge that could not be unobtained from local source.

Знания, которые невозможно было получить из местных источников.

His name was John Raymond Legrasse, police inspector.

Его звали Джон Реймонд Леграсс, инспектор полиции.

He bore with him the mysterious subject of his inquiries.

Он терпеливо переносил таинственную тему своих исследований.

A grotesque and apparently very ancient stone statuette.

Гротескная и, по-видимому, очень древняя каменная статуэтка.

A statuette whose origin no one had been able to determine.

Статуэтка, происхождение которой никому не удалось установить.

But don't assume Inspector Legrasse was an archeologist.

Но не стоит предполагать, что инспектор Леграсс был археологом.

He had very little interest in archeology, nor mythology.

Он проявлял очень мало интереса к археологии и мифологии.

His wish for enlightenment had rather different motivations.

Его стремление к просветлению было продиктовано совершенно иными мотивами.

He was prompted to come by purely professional considerations.

Он решился на этот шаг исключительно по профессиональным соображениям.

The statuette had been captured as part of a police raid.

Статуэтка была изъята в ходе полицейского рейда.

Although whether it was even a statuette wasn't determined.

Хотя, была ли это вообще статуэтка, так и не было установлено.

It could also have been an idol, magic fetish, or charm.

Это также мог быть идол, магический фетиш или оберег.

Whatever it was, it had been captured some months previously.

Что бы это ни было, оно было захвачено несколько месяцев назад.

A meeting was being held in the wooded swamps of New Orleans.

В лесистых болотах Нового Орлеана проходило совещание.

The police had been tipped of about a supposed voodoo meeting.

Полиция получила информацию о предполагаемом собрании вудуистов.

Strange and hideous rites connected with the voodoo circle.

Странные и ужасные обряды, связанные с кругом вуду.

The police could not but realize what they had stumbled on.

Полиция не могла не понять, на что они наткнулись.

A dark cult previously totally unknown to the authorities.

Мрачный культ, ранее совершенно неизвестный властям.

Infinitely more sinister than what an outsider could expect.

Гораздо более зловеще, чем мог предположить посторонний.

More diabolic than the blackest of the African voodoo circles.

Более дьявольский, чем самые мрачные из африканских кругов вуду.

Unbelievable tales were extorted from the captured cult members.

Из захваченных членов культа выпытывали невероятные истории.

But nothing of the relic's origin could be discovered.

Однако ничего не удалось выяснить о происхождении реликвии.

Hence the anxiety of the police for any antiquarian lore.

Отсюда и беспокойство полиции по поводу любых антикварных преданий.

Ancient mythology might explain the frightful symbol.

Древняя мифология может объяснить этот ужасающий символ.

Deeper knowledge could perhaps track the fountain-head.

Более глубокие знания, возможно, позволили бы отследить источник.

Inspector Legrasse was not prepared for the excitement he created.

Инспектор Леграсс не был готов к тому ажиотажу, который он вызвал.

One sight of the mysterious object was all that was required.

Достаточно было лишь одного взгляда на таинственный объект.

The assembled men of science were filled with curiosity.

Собравшиеся ученые были полны любопытства.

They lost no time in crowding closely around the inspector.

Они, не теряя времени, окружили инспектора вплотную.

And they all tried to get the best look at the diminutive figure.

И все они пытались как можно лучше рассмотреть эту миниатюрную фигурку.

***

The genuinely abysmal antiquity inspired wild imagination.

Поистине ужасающая древность вдохновляла на бурные фантазии.

The strangeness hinted so potently at unopened and archaic vistas.

Эта странность очень настойчиво намекала на неизведанные и архаичные пейзажи.

No recognized school of sculpture had animated this terrible object.

Ни одна признанная школа скульпторов не оживляла этот ужасающий объект.

Yet centuries seemed recorded in the dim and greenish surface.

Однако казалось, что на тусклой зеленоватой поверхности запечатлены столетия.

Perhaps thousands of years were hidden in this unplaceable stone.

Возможно, в этом непонятном камне были скрыты тысячи лет.

The figurine was finally passed slowly from man to man.

В конце концов, фигурка медленно передавалась из рук в руки.

Each scientist carefully studied the strange markings of the stone.

Каждый учёный внимательно изучал странные узоры на камне.

The work was between seven and eight inches in height.

Высота работы составляла от семи до восьми дюймов.

And the exquisite artistic workmanship must be noted.

И нельзя не отметить изысканное художественное мастерство исполнения.

The carvings represented a monster of vaguely anthropoid outline.

Резьба изображала чудовище, имеющее смутно антропоморфные очертания.

On the face of the octopus-esque head was a mass of feelers.

На морде головы, напоминающей голову осьминога, было множество усиков.

Prodigious claws on hind and fore feet protruded from the body.

Из тела торчали огромные когти на задних и передних лапах.

The bloated corpulence had a rubbery looking quality to it.

Раздутое тело имело резиноподобную текстуру.

And from behind the rubbery body came out two narrow wings.

А из-за эластичного тела показались два узких крыла.

It would be instinctual to think of this thing as fearsome.

Инстинктивно это существо показалось бы пугающим.

There was an unnatural malignancy to the aura of the creature.
Аура этого существа отличалась неестественной злобой.
The gargantuan squatted evilly on a rectangular block.
Гигантское существо зловеще восседало на прямоугольном блоке.
The pedestal it was on was covered with undecipherable characters.
Постамент, на котором он стоял, был покрыт неразборчивыми символами.
The tips of the wings touched the back edge of the block.
Кончики крыльев касались заднего края блока.
The creature was sitting on the middle of the giant block.
Существо сидело посередине гигантского блока.
Its legs were doubled up under its monstrous body.
Его ноги были поджаты под чудовищное тело.
The long, curved claws gripped the front edge of the cliff.
Длинные, изогнутые когти вцепились в передний край скалы.
The cephalopod head was bent forward, observing its kingdom.
Голова головоногого моллюска была наклонена вперед, он наблюдал за своим царством.
The ends of the facial feelers brushed the backs of huge forepaws.
Кончики лицевых усиков коснулись тыльной стороны огромных передних лап.
And the forepaws clasped the croucher's elevated knees.
Передние лапы обхватили поднятые колени присевшего животного.
The appearance of the grotesque scene was abnormally lifelike.
Изображение этой гротескной сцены было поразительно реалистичным.
But this lifelike quality only added a subtle reason to be more fearful.

Но эта реалистичность лишь добавляла тонкий повод для усиления страха.

Because we knew nothing about the source of the depiction.

Потому что мы ничего не знали об источнике этого изображения.

The creature's vast, awesome, and incalculable age was unmistakable.

Несомненно, возраст этого существа, его огромный, внушающий благоговение и неисчислимый, был очевиден.

But not one link did the depiction show with any known type of art.

Однако ни одна из связей этого изображения не была обнаружена ни с одним известным видом искусства.

Not even the earliest civilizations made reference to this creature.

Даже самые ранние цивилизации не упоминали об этом существе.

But that is not the only point at which our knowledge failed us.

Но это не единственный момент, в котором наши знания нас подвели.

***

The mineralogy of the stone was also a complete mystery.

Минералогический состав камня также оставался полной загадкой.

Gold specks dotted the soapy, greenish-black stone.

На мыльном, зеленовато-черном камне виднелись золотые вкрапления.

Iridescent striations ran along the length of the stone.

Вдоль всего камня тянулись переливающиеся полосы.

In short, the stone resembled nothing within mineralogy.

Короче говоря, этот камень не имел никакого отношения к минералогии.

Geologists hadn't been able to identify the stone either.

Геологи также не смогли идентифицировать этот камень.

The hieroglyphs along the stone were equally baffling.
Иероглифы на камне были столь же загадочными.
The writing system was horribly different than other scripts.
Эта система письма ужасно отличалась от других
письменностей.
**A representation of half the world's leading experts was
present.**
На мероприятии присутствовала половина ведущих
мировых экспертов.
**But no link to any known writing system could be
established.**
Однако установить связь ни с одной из известных систем
письма не удалось.
**Everything frightfully suggested an old and unhallowed
cycle of life.**
Всё вокруг ужасающе напоминало древний и нечестивый
круговорот жизни.
**A history in which our world and our conceptions played no
part.**
История, в которой наш мир и наши представления не
играли никакой роли.
**The experts shook their heads, admitting they had been
defeated.**
Эксперты покачали головами, признавая, что потерпели
поражение.
But one expert did not give up quite so quickly.
Однако один эксперт не сдался так быстро.
**He claimed to have a touch of bizarre familiarity with the
subject.**
Он утверждал, что обладает каким-то странным, хорошо
знакомым с этой темой свойством.
**The monstrous shape and writing weren't entirely new to
him.**
Уродливая форма и надписи не были для него чем-то
совершенно новым.
With some diffidence he told of the odd trifle he knew.

С некоторой робостью он рассказал о странной мелочи, которую знал.

This person was the late William Channing Webb.

Этим человеком был покойный Уильям Ченнинг Уэбб.

He was professor of anthropology in Princeton University.

Он был профессором антропологии в Принстонском университете.

And he was an explorer of no small significance.

И он был весьма значимым исследователем.

***

Forty-eight years ago he was exploring Greenland and Iceland.

Сорок восемь лет назад он исследовал Гренландию и Исландию.

His group were in search of some Runic inscriptions.

Его группа занималась поисками рунических надписей.

But the expedition failed to unearth any inscriptions.

Однако экспедиции не удалось обнаружить никаких надписей.

They trekked the heights of West Greenland's coasts.

Они совершили восхождение на вершины западного побережья Гренландии.

Here they encountered a strange cult of degenerate Eskimos.

Здесь они столкнулись со странным культом выродившихся эскимосов.

Their religion consisted of a form of devil-worship.

Их религия представляла собой разновидность поклонения дьяволу.

And their rituals were deliberately bloodthirsty and repulsive.

Их ритуалы были намеренно кровожадными и отвратительными.

It was a faith of which other Eskimos knew little.

Это была вера, о которой другие эскимосы знали очень мало.

Locals shuddered at the mention of their practices.
При упоминании об их обычаях местные жители содрогались.
They said their believes came from horribly ancient eons.
Они утверждали, что их верования восходят к ужасно древним временам.
A time before the world as we know it now had ever been made.
Время, предшествовавшее созданию мира в том виде, в каком мы его знаем сейчас.
There were human sacrifices and queer hereditary rituals.
Там совершались человеческие жертвоприношения и проводились странные наследственные ритуалы.
And all their worship was directed at a supreme tornasuk.
И все их поклонение было направлено на верховного торнасука.
Professor Webb had taken a phonetic copy from an aged angekok.
Профессор Уэбб сделал фонетический пересказ старого ангекока.
He had transcribed the wizard-priest's chants as best he could.
Он постарался как можно точнее записать заклинания жреца-волшебника.
But currently these transcriptions weren't of prime significance.
Но в тот момент эти расшифровки не имели первостепенного значения.
The cult had a cherished stone that they worshipped.
У культа был почитаемый камень, которому они поклонялись.
They danced wildly when the aurora leaped over the ice cliffs.
Они безудержно танцевали, когда северное сияние перепрыгивало через ледяные скалы.
And in the midst of their dance was the strange stone.
А посреди их танца стоял странный камень.

It was, the professor stated, a very crude bas-relief of stone.

Профессор заявил, что это был очень грубый каменный барельеф.

The stone comprised a hideous picture and some cryptic writing.

На камне было выгравировано ужасное изображение и какая-то загадочная надпись.

And as far as he could tell this stone was a rough parallel.

И, насколько он мог судить, этот камень был приблизительно таким же.

The stone had all the same essential features of bestial things.

Этот камень обладал всеми существенными чертами, присущими животным.

The scientists received this data with suspense and astonishment.

Ученые восприняли эти данные с тревогой и изумлением.

Even Inspector Legrasse had quickly gained an interest in mythology.

Даже инспектор Леграсс быстро заинтересовался мифологией.

And he began at once to ply his informant with questions.

И он тут же принялся засыпать своего информатора вопросами.

He had notes of the oral ritual of the cult-worshipers in the swamp.

У него были записи устных ритуалов последователей культа в болоте.

He besought the professor to remember the diabolist Eskimos' chants.

Он умолял профессора вспомнить песнопения эскимосов-диаболистов.

There then followed an exhaustive comparison of details.

Затем последовало исчерпывающее сравнение деталей.

And there then followed a moment of really awed silence.

И затем наступила минута благоговейного молчания.

The Eskimo wizards and the Louisiana swamp-priests were worlds apart.

Эскимосские колдуны и болотные жрецы Луизианы были совершенно разными людьми.

And yet there was a phrase the two hellish rituals had in common.

И все же у этих двух адских ритуалов была одна общая фраза.

"Ph'nglui mglw'nafh Cthulhu R'lyeh wgah'nagl fhtagn."

«Пхнглуи мглвнаф Ктулху Р'льех вгах'нагл фхтагн».

***

Legrasse had one advantage over Professor Webb.

У Леграсса было одно преимущество перед профессором Уэббом.

He had spoken to several of his mongrel prisoners.

Он поговорил с несколькими своими пленниками-метисами.

Some of them had passed on the phrase's meaning.

Некоторые из них передали дальше смысл этой фразы.

"In his house at R'lyeh dead Cthulhu waits dreaming."

«В своем доме в Р'лиехе мертвый Ктулху ждет и видит сны».

So the attention turned back to Inspector Legrasse.

Таким образом, внимание снова переключилось на инспектора Леграсса.

And he was probed with many disconnected questions.

И его допрашивали, задавая множество несвязанных между собой вопросов.

He detailed his experience with the worshipers from the swamp.

Он подробно рассказал о своем опыте общения с верующими из болота.

My uncle attached profound significance to the story.

Мой дядя придавал этой истории огромное значение.

The report savored of the wildest dreams of myth-makers.

В докладе чувствовались самые смелые фантазии создателей мифов.

Theosophists could not have provided more imagination.

Теософы не могли бы проявить больше воображения.

But the philosophies came from unexpected sources.

Но философские идеи пришли из неожиданных источников.

Half-castes and pariahs told these fantastical stories.

Эти фантастические истории рассказывали метисы и изгои.

On November 1st, 1907, his chain of events unfolded.

1 ноября 1907 года развернулась цепочка событий, связанных с этим событием.

The New Orleans police received desperate calls.

В полицию Нового Орлеана поступали отчаянные звонки.

They were called to the swamp and lagoon country to the south.

Их вызвали в болотистую и лагунную местность на юге.

The settlers there were mostly primitive, but good-natured.

Поселенцы там были в основном примитивными, но добродушными.

Most living by the swamp were descendants of Lafitte's men.

Большинство жителей болотистой местности были потомками людей Лафитта.

But now they were in the grip of stark terror.

Но теперь их охватил ужас.

An unknown thing had stolen upon them in the night.

В ночи на них напало нечто неизвестное.

It was voodoo, apparently, that caused the disturbance.

По всей видимости, причиной беспорядков стало вуду.

But it was a voodoo unlike the other forms of voodoo.

Но это было вуду, в отличие от других форм вуду.

Voodoo of a more terrible sort than they had ever known.

Вуду, гораздо более ужасное, чем то, чего они когда-либо знали.

Some of their women and children had disappeared.

Некоторые из их женщин и детей пропали без вести.
A malevolent drumming had begun its incessant beating.
Начался зловещий барабанный бой.
Far and deep within those dark, black haunted woods.
В самых глубинах этих темных, мрачных, зловещих лесов.
There, where no dweller dared to ventured close to.
Там, куда ни один житель не осмеливался приблизиться.
There were insane shouts and harrowing screams.
Раздавались безумные крики и душераздирающие вопли.
Soul-chilling chants and dancing devil-flames.
Пробирающие до дрожи песнопения и танцующее дьявольское пламя.
The messenger and his people could stand it no more.
Посланник и его люди больше не могли этого терпеть.
A body of twenty police set out in the late afternoon.
Поздним вечером отряд из двадцати полицейских отправился в путь.
And a shivering settler came with them as a guide.
А с ними в качестве проводника пришел дрожащий от холода поселенец.

***

At the end of the passable road they alighted.
В конце проходимой дороги они вышли.
For miles and miles they splashed on in silence.
На протяжении многих миль они бесшумно плыли по воде.
And they went on through the terrible cypress woods.
И они шли дальше через ужасные кипарисовые леса.
Dark, dark woods in which day but almost never came.
Темный-темный лес, в котором день, но почти никогда не наступил.
Ugly roots set traps for them in the wet ground.
Некрасивые корни расставляют для них ловушки во влажной почве.
Malignant hanging nooses of Spanish moss beset them.

Их окружали зловещие висячие петли из испанского мха.
In the distance the settlement slowly came into sight.
Вдали медленно показался поселок.
Hysterical dwellers ran out of the miserable huts.
Истеричные обитатели выбежали из убогой хижин.
They clustered around the group of bobbing lanterns.
Они сгруппировались вокруг покачивающихся фонарей.
Far, far ahead the cause of all the fear could be heard.
Далеко-далеко впереди доносился звук, вызывавший весь этот страх.
The muffled beat of drums was now faintly audible.
Теперь едва слышен был приглушенный бой барабанов.
At times the wind shifted and revealed different sounds.
Временами ветер менял направление, и становились слышны разные звуки.
Curdling shrieks were audible at infrequent intervals.
С редкими перерывами раздавались душераздирающие вопли.
A reddish glare seemed to filter through the undergrowth.
Сквозь подлесок словно пробивался красноватый отблеск.
The settlers were reluctant to be left alone again.
Поселенцы не хотели снова оставаться одни.
But they point blank refused to move forwards either.
Но они наотрез отказались двигаться дальше.
So the inspector and his colleagues plunged on unguided.
Поэтому инспектор и его коллеги беспрепятственно продолжили свой путь, не имея никаких указаний.
And they went into the black arcades of horror.
И они отправились в мрачные аркады ужаса.
The region was one of traditionally evil repute.
Этот регион традиционно имел дурную репутацию.
The lands were substantially unknown by white men.
Эти земли были практически неизвестны белым людям.
Not many explorers had traversed those regions yet.
В те времена в этих регионах побывало не так много исследователей.
There were also legends of a hidden away lake.

Существовали также легенды о скрытом в укромном месте озере.

A body of water still unglimpsed by mortal sight.

Водоём, ещё не увиденный смертным взором.

In the lake it was said there dwelt a strange creature.

Говорили, что в озере обитало странное существо.

A huge, formless white polypous thing with luminous eye.

Огромное, бесформенное белое полиповидное образование со светящимся глазом.

And settlers whispered about bat-winged devils.

А поселенцы шептались о дьяволах с крыльями, похожими на крылья летучей мыши.

They flew up out of caverns from the inner earth.

Они вылетели из пещер из недр земли.

And together the demons worship it at midnight.

И демоны вместе поклоняются ему в полночь.

They said it had been there before D'Iberville.

Они сказали, что оно было там еще до Д'Ибервиля.

They said it had been there before La Salle too.

Они сказали, что оно существовало здесь и до Ла Салля.

They said it was there before the Native Americans.

Они сказали, что оно существовало здесь ещё до прихода коренных американцев.

Perhaps it was even there before the wholesome beasts.

Возможно, оно существовало ещё до появления этих здоровых животных.

It was a nightmare itself that made men dream.

Это был настоящий кошмар, заставляющий мужчин видеть сны.

And to see the thing was the same as death.

Увидеть это было равносильно смерти.

And so they had enough warning to know to keep away.

Таким образом, у них было достаточно времени, чтобы понять, что нужно держаться подальше.

Because it was indeed where they were warned it was.

Потому что это действительно было там, где их предупреждали.

The voodoo orgy was on the fringe of this abhorred area.
Вуду-оргии происходили на самой окраине этого
отвратительного района.
But the location was already bad enough by itself.
Но само местоположение уже было достаточно
неудачным.
The voodoo activities only added to the horror.
Действия вуду лишь усугубили ужас.
Perhaps poetry could do justice to the noises heard.
Возможно, поэзия смогла бы в полной мере передать
услышанные звуки.
Otherwise only madness would help one understand.
В противном случае понять можно было бы только через
безумие.
But Legrasse's plowed on through the black morass.
Но Леграсс пробирался сквозь черное болото.
The sound of the muffled drumming slowly crystalized.
Звук приглушенной барабанной дроби постепенно стал
более отчетливым.
And they continued steadily towards the red glare.
И они неуклонно двигались в сторону красного зарева.

***

There are vocal qualities specific to men.
Существуют вокальные особенности, свойственные
исключительно мужчинам.
And there are vocal qualities specific to beasts.
А ещё существуют вокальные особенности, свойственные
исключительно животным.
It is terrible when one makes the sounds of the other.
Ужасно, когда один издает звуки, похожие на звуки
другого.
Animal fury freed them of their human restraint.
Ярость животных освободила их от человеческих
ограничений.
Orgiastic license whipped them into demoniac heights.

Оргиастическая свобода довела их до демонических высот.

Howls that tore through those perpetually dark woods.

Вой, пронзающий эти вечно темные леса.

Squawking ecstasies that echoed in everyone's mind.

Восторженные крики, эхом отдававшиеся в сознании каждого.

Sounds like pestilential tempests from the gulfs of hell.

Звучит как эпидемические бури из преисподней.

Now and then the less organized ululations would cease.

Время от времени эти менее организованные вопли прекращались.

A well-drilled chorus of hoarse voices rose in singsong.

Хорошо подготовленный хор хриплых голосов раздался нараспев.

And they chanted that hideous phrase of their ritual.

И они пропели эту ужасную фразу своего ритуала.

"Ph'nglui mglw'nafh Cthulhu R'lyeh wgah'nagl fhtagn"

"Ph'nglui mglw'nafh Cthulhu R'lyeh wgah'nagl fhtagn"

Then the men reached a spot where the trees were sparser.

Затем мужчины достигли места, где деревья были реже.

Suddenly they come in sight of the spectacle itself.

Внезапно они оказываются в поле зрения самого зрелища.

Four of them reeled from the horrible things they saw.

Четверо из них были потрясены ужасом увиденного.

One man fainted, and two were shaken into a frantic cry.

Один мужчина потерял сознание, а двое, потрясенные, закричали в отчаянии.

Fortunately their screams were not heard by other ears.

К счастью, их крики не услышали другие люди.

The mad cacophony of the orgy deadened their screams.

Безумная какофония оргии заглушила их крики.

Legrasse splashed swamp water on the fainting man.

Леграсс плеснул на падавшего в обморок мужчину болотной водой.

They stood up again, but nearly hypnotized with horror.

Они снова поднялись, но были почти загипнотизированы ужасом.

In a natural glade of the swamp stood a grassy island.

В естественной поляне болота стоял поросший травой островок.

The grassy island extended perhaps for an acre.

Этот травянистый островок простирался, возможно, на акр.

And the area was clear of trees and tolerably dry.

На этой территории не было деревьев, и она была достаточно сухой.

A horde of human abnormality leaped and twisted.

Целая орда человеческих аномалий прыгала и извивалась.

No Sime could paint what the men were seeing.

Ни один Сим не смог бы изобразить то, что видели эти люди.

No Angarola has ever painted such an indescribable scene.

Ни один представитель рода Ангарола еще не писал столь неописуемой картины.

The hybrid spawn made a monstrous ring-shaped bonfire.

В результате размножения гибридов образовался чудовищный кольцеобразный костер.

They brayed bellowed and writhed about in their nudity.

Они ревели, ревели и извивались в своей наготе.

Occasionally there were rifts in the curtain of flame.

Иногда в огненной завесе появлялись трещины.

And there the object of their worship revealed itself.

И там явил себя объект их поклонения.

In the midst of the fire stood a great granite monolith.

Посреди пожара возвышался огромный гранитный монолит.

The stone structure was only about eight feet in height.

Высота каменного сооружения составляла всего около восьми футов.

And the noxious carven statuette rested on the monolith.

А на монолите покоилась отвратительная резная статуэтка.

The idle was almost incongruous in its diminutiveness.

Этот ленивый двигатель казался почти нелепым из-за
своей незначительности.

Spaced evenly, scaffolds had been erected around the fire.

Вокруг очага пожара были установлены строительные
леса, расположенные на равном расстоянии друг от друга.

From the scaffolding hung a number of marred bodies.

С помостов свисало множество изуродованных тел.

The bodies of those that had disappeared from nearby.

Тела тех, кто пропал без вести в окрестностях.

It was inside this circle the ring of worshipers were.

Именно внутри этого круга находилось кольцо верующих.

And they roared and jumped in the frantic trance.

И они ревели и прыгали в безумном трансе.

The general direction of the motion was anti-clockwise.

Общее направление движения было против часовой
стрелки.

The ring of bodies circling around the ring of fire.

Кольцо тел, вращающихся вокруг огненного кольца.

One man recollected other details even more concerning.

Один мужчина вспомнил другие, еще более тревожные
подробности.

But perhaps the echoes induced him to hear other things.

Но, возможно, эхо заставило его услышать и другие вещи.

He fancied he heard antiphonal responses to the ritual.

Ему показалось, что он услышал противоположные
ответы на ритуал.

Noises from an unillumined spot deeper within the woods.

Шум доносится из неосвещенного места в глубине леса.

This man, Joseph D. Galvez, I later met and questioned.

Позже я встретился и расспросил этого человека,
Джозефа Д. Гальвеса.

And he proved to indeed be distractingly imaginative.

И он действительно оказался невероятно изобретательным
и отвлекающим внимание.

He even hinted at the faint beating of great wings.

Он даже намекнул на едва слышное взмахивание
огромных крыльев.

And he suggested there was a glimpse of shining eyes.

И он предположил, что мельком увидел сияющие глаза.

And beyond the trees, a mountainous white bulk of something.

А за деревьями виднелась огромная белая масса чего-то.

I suppose he had heard too much native superstition.

Полагаю, он слишком много наслушался местных суеверий.

But actually the horrified pause was relatively brief.

Но на самом деле эта испуганная пауза была относительно короткой.

Duty came first, and they had come to do a job.

Долг был на первом месте, и они пришли выполнить свою работу.

***

There must have been nearly a hundred mongrel celebrants.

Там, должно быть, было около сотни участников, представляющих собой помеси разных пород.

But the police were able to rely on their firearms.

Но полиция могла полагаться на свое огнестрельное оружие.

And they plunged determinedly into the nauseous rout.

И они решительно бросились в эту тошнотворную толпу.

For five minutes the chaotic din was beyond description.

В течение пяти минут этот хаотичный шум был неописуем.

Wild blows were struck and shots were fired.

Произошли беспорядочные удары и выстрелы.

Some escaped arrest by running into the darkness.

Некоторым удалось избежать ареста, убежав в темноту.

They had a better knowledge of the layout of the swamp.

Они лучше знали планировку болота.

But Legrasse and his men caught around half of them.

Но Леграсс и его люди поймали примерно половину из них.

And they counted around forty-seven sullen prisoners.
И они насчитали около сорока семи угрюмых
заключенных.
They were forced to put on their clothes again.
Их заставили снова одеться.
And they fell into line between two rows of policemen.
И они выстроились в очередь между двумя рядами
полицейских.
Five of the worshipers lay dead by the fire.
Пятеро из прихожан лежали мертвыми у костра.
Two severely wounded prisoners were carried away.
Двух тяжелораненых заключенных унесли.
Of course the image on the monolith was removed.
Разумеется, изображение на монолите было удалено.
Legrasse himself took the evidence to the police station.
Леграсс лично отнес улики в полицейский участок.
The trip back to the headquarters was of intense strain.
Обратная дорога в штаб-квартиру была крайне
напряженной.
The men were examined when they got back to civilization.
По возвращении в цивилизацию мужчин осмотрели.
The prisoners all proved to be men of a very low type.
Все заключенные оказались людьми очень низкого
происхождения.
They were all mixed-blooded, and mentally aberrant.
Все они были метисами и страдали психическими
отклонениями.
Most were seamen by trade, or some similar professions.
Большинство из них были моряками по профессии или
имели схожие профессии.
Negroes and mulattoes were sprinkled among them.
Среди них встречались негры и мулаты.
But most seemed to be West Indians or Brava Portuguese.
Но большинство, по всей видимости, были выходцами из
Вест-Индии или португальцами из региона Брава.
They primarily came from the Cape Verde Islands.
В основном они прибыли с островов Кабо-Верде.

They gave the heterogeneous cult a coloring of voodooism.

Они придали этому разнородному культу оттенок вудуизма.

But there wasn't even a need to ask too many questions.

Но даже задавать много вопросов не было необходимости.

The conclusion quickly became manifest by itself.

Вывод быстро стал очевиден сам собой.

Something far deeper than negro fetishism was involved.

Здесь замешано нечто гораздо более глубокое, чем просто фетишизм по отношению к неграм.

Although ignorant, but their story was consistent.

Хотя они и были невежественны, их рассказ был последовательным.

The creatures all spoke of the same central idea.

Все эти существа говорили об одной и той же центральной идее.

They certainly all shared the same loathsome faith.

Их всех, несомненно, объединяла одна и та же отвратительная вера.

They worshiped, so they said, the great old ones.

Они, как они говорили, поклонялись великим древним существам.

The great old ones lived long before there were any men.

Великие древние существа жили задолго до появления людей.

And they came to the young world out of the sky.

И пришли они в молодой мир с неба.

Those old ones were now gone, they explained.

«Те старые модели теперь исчезли», — объяснили они.

They were now inside the earth and under the sea.

Теперь они находились внутри земли и под водой.

But their dead bodies found ways to tell their secrets.

Но их мертвые тела нашли способы рассказать свои секреты.

They whispered into the dreams of the first men.

Они шептали в сны первых людей.

And the first men formed a cult which has never died.

И первые люди создали культ, который никогда не умирал.

***

The cult had always existed, and always would exist.

Этот культ существовал всегда и будет существовать всегда.

Their followers were hidden in wastes all over the world.

Их последователи скрывались в пустынных районах по всему миру.

Their followers were in dark places explorers overlooked.

Их последователи находились в темных местах, которые исследователи игнорировали.

And they would remain hidden until they were called.

И они оставались бы в укрытии, пока их не призвали.

When the great priest Cthulhu rises again to the surface.

Когда великий жрец Ктулху вновь восстанет из пепла.

When Cthulhu brings the earth again beneath his sway.

Когда Ктулху снова подчинит землю своей власти.

When Cthulhu leaves from his dark house in the mighty city of R'lyeh.

Когда Ктулху покидает свой темный дом в могущественном городе Р'лиех.

Some day he was going call, when the stars were ready.

Однажды он позвонит, когда звёзды будут готовы.

And the secret cult will always be waiting to liberate him.

И тайный культ всегда будет ждать, чтобы освободить его.

Meanwhile, no more of his story must be told.

Между тем, больше ничего из его истории рассказывать не нужно.

There was a secret even torture could not extract.

Существовала тайна, которую не смогли раскрыть даже пытки.

Mankind was not alone among the conscious things of earth.

Человечество не было единственным сознательным существом на Земле.

Because shapes came out of the dark to visit the faithful few.

Потому что из темноты появлялись силуэты, чтобы навестить немногих верных.

But these were not the great old ones.

Но это были не те великие древние.

No man had ever seen the great old ones.

Никто из людей никогда не видел этих великих древних.

The carven idol was of great Cthulhu.

Вырезанная фигурка изображала великого Ктулху.

None could say whether the others were like him.

Никто не мог сказать, были ли другие похожи на него.

No one could read the old writing now.

Теперь никто не смог бы прочитать старый почерк.

Instead, things were told by word of mouth.

Вместо этого информация передавалась из уст в уста.

The chanted ritual was not the secret.

Прочитанный ритуальный песнопение не был секретом.

The secret was never spoken aloud, only whispered.

Секрет никогда не произносился вслух, только шепотом.

The chant meant one thing, and one thing alone:

Эта кричалка означала лишь одно:

"In his house at R'lyeh dead Cthulhu waits dreaming."

«В своем доме в Р'лиехе мертвый Ктулху ждет и видит сны».

Only two of the prisoners were found sane enough to be hanged.

Лишь двоих из заключенных признали достаточно вменяемыми для повешения.

The rest of them were committed to various institutions.

Остальные были направлены в различные учреждения.

All denied to have taken any part in the ritual murders.

Все они отрицали свою причастность к ритуальным убийствам.

They said the killing had been done by something else.

Они сказали, что убийство совершил кто-то другой.

"The black-winged ones," the each insisted, separately.

«Чернокрылые», — настаивали они по отдельности.

They had come to them from their immemorial meeting-place.

Они пришли к ним из своего извечного места встречи.

They had arisen out from the haunted woodlands.

Они вышли из таинственного леса.

But the stories of mysterious allies were inconsistent.

Однако рассказы о таинственных союзниках были противоречивыми.

***

What the police did extract came mainly from one man.

Полиция получила от одного человека основные сведения.

An immensely aged mestizo named Castro.

Очень пожилой метис по имени Кастро.

He claimed to have sailed to strange ports.

Он утверждал, что плавал в незнакомые порты.

And he said he had been to the mountains of China.

И он сказал, что побывал в горах Китая.

There he talked with undying leaders of the cult.

Там он беседовал с бессмертными лидерами культа.

Old Castro remembered bits of hideous legend.

Старый Кастро помнил обрывки ужасных легенд.

His legends paled the speculations of theosophists.

Его легенды затмевали спекуляции теософов.

His stories made man seem like a recent creation.

В его рассказах человек представал как недавнее творение.

Even the world was transient in his account of things.

Даже мир в его изложении событий казался преходящим.

There had been eons when other Things ruled on the earth.

Прошли эоны, когда на Земле правили другие Существа.

And they had had great cities here on the earth.

И у них здесь, на земле, были великие города.

The deathless Chinamen told him reserved secrets.

Неувядающие китайцы поделились с ним сокровенными секретами.

He had told him their ruins could still be found.

Он сказал ему, что их руины все еще можно найти.

There were still Cyclopean stones on islands in the Pacific.

На островах в Тихом океане всё ещё оставались циклопические камни.

They all died vast epochs of time before man came.

Все они умерли задолго до появления человека.

But there were knowledges and practices in ancients arts.

Но в древних искусствах существовали знания и практики.

Special rituals which could revive them again, in time.

Особые ритуалы, которые со временем могли бы их оживить.

In the cycle of eternity their return was inevitable.

В цикле вечности их возвращение было неизбежным.

When the stars come round again to the right positions

Когда звёзды снова займут правильные позиции

They had, indeed themselves come from the stars.

Они действительно сами прибыли со звёзд.

"These great old ones," Castro continued.

«Эти великие древние», — продолжил Кастро.

They were not composed entirely of flesh and blood.

Они состояли не только из плоти и крови.

They had shape," Castro insisted, confidently.

«Они были в форме», — уверенно настаивал Кастро.

And he had strange proof for what he believed.

И у него были странные доказательства того, во что он верил.

But the shape they took on was not made of matter.

Но форма, которую они приняли, не состояла из материи.

When the stars were in their right positions.

Когда звёзды находились в своих правильных положениях.

Then they could plunge from one world to another.

Тогда они могли бы переместиться из одного мира в другой.

Because they can move themselves through the sky.

Потому что они могут перемещаться по небу.

But when the stars were wrong, they cannot live.

Но если звёзды не угадали, они не могут жить.

And it is true that they no longer live like we do.

И правда в том, что они больше не живут так, как мы.

But despite that, they never really die either.

Но, несмотря на это, они никогда по-настоящему не умирают.

They rest in stone houses in their great city of R'lyeh.

Они отдыхают в каменных домах в своем великом городе Р'лье.

They are preserved by the spells of mighty Cthulhu.

Они сохранены благодаря заклинаниям могущественного Ктулху.

So there they lie, unaffected by the passing of time.

Так они и лежат, нетронутые течением времени.

And they wait for another glorious resurrection.

И они ждут еще одного славного воскресения.

When the stars and earth are ready for them again.

Когда звёзды и Земля снова будут готовы их принять.

But they are still dependent on an outside force.

Но они по-прежнему зависят от внешних сил.

A force from outside served to liberate their bodies.

Внешняя сила помогла освободить их тела.

The spells preserved them and kept them intact.

Заклинания сохранили их и уберегли от повреждений.

But the spells also kept them from breaking free.

Но заклинания также не позволяли им вырваться на свободу.

So they could only lie awake in the dark and think.

Поэтому им оставалось только лежать без сна в темноте и думать.

***

In the meantime uncounted millions of years rolled by.

Тем временем прошли бесчисленные миллионы лет.

They knew all that was occurring in the universe.

Они знали обо всём, что происходило во Вселенной.

Because their mode of speech was transmitted thought.

Потому что их способ общения был мысленным.

Even now they were talking in their tombs.

Даже сейчас они разговаривали в своих гробницах.

Then, after infinities of chaos, the first men came.

Затем, после бесконечного хаоса, пришли первые люди.

The great old ones spoke to the sensitive among them.

Старейшины обращались к самым чувствительным из них.

They spoke to them by molding their dreams.

Они обращались к ним, формируя их мечты.

Only that way could their language reach the fleshly minds of mammals.

Только таким образом их язык мог дойти до физического сознания млекопитающих.

Then, whispered Castro, those first men formed the cult.

Затем, прошептал Кастро, эти первые люди сформировали культ.

They organized themselves around small idols.

Они объединялись вокруг маленьких идолов.

The small idols which the great ones had shown them.

Маленькие идолы, которые им показывали великие люди.

Idols brought from dim eras from dark stars.

Идолы, привезенные из темных эпох, с темных звезд.

That cult would never die till the stars came right again.

Этот культ не умрёт, пока звёзды снова не встанут на свои места.

The secret priests were going to take great Cthulhu from His tomb.

Тайные жрецы собирались забрать великого Ктулху из Его гробницы.

And they were going to revive His subjects.

И они собирались возродить Его подданных.

And then Cthulhu was going to resume His rule of earth.

А затем Ктулху собирался возобновить своё правление на Земле.

The right time was going to reveal itself quite clearly.

Подходящее время должно было ясно показать себя.

At that time mankind will have become as the great old ones.

К тому времени человечество станет подобно великим древним существам.

They will be free and wild and beyond good and evil.

Они будут свободны, дики и вне добра и зла.

Laws and morals are going to be thrown aside.

Законы и моральные нормы будут отброшены.

All men will be shouting and killing and reveling in joy.

Все мужчины будут кричать, убивать и ликовать.

Then the liberated old ones will teach them the new ways.

Тогда освобожденные старики научат их новым путям.

New ways to shout and kill and revel and enjoy.

Новые способы кричать, убивать, веселиться и наслаждаться.

And all the earth will flame with a holocaust of ecstasy and freedom.

И вся земля вспыхнет холокостом экстаза и свободы.

Meanwhile the cult had to practice the appropriate rites.

Тем временем членам культа приходилось совершать соответствующие обряды.

They had to keep alive the memory of those ancient ways.

Они должны были сохранить память об этих древних обычаях.

And they had to shadow forth the prophecy of their return.

И им предстояло воплотить в жизнь пророчество о своем возвращении.

In the elder time chosen men spoke with the entombed Old Ones.

В древние времена избранные мужи общались с погребенными Древними.

The entombed Old Ones spoke to them in their dreams.

Погребенные Древние говорили с ними во снах.

But then something disturbed their means of communication.

Но затем что-то нарушило их средства связи.

The great stone in the city R'lyeh had sunk beneath the waves.

Огромный камень в городе Р'лиех затонул под волнами.

And the monoliths and sepulchers were beneath the waters.

А монолиты и гробницы находились под водой.

Deep waters full of the one primal mystery.

Глубокие воды, полные одной первобытной тайны.

Waters through which not even thought can pass.

Вода, сквозь которую не может пройти даже мысль.

Water that cut off their spectral communication.

Вода, которая прервала их спектральную связь.

But the memory of the rites and rituals never died.

Но память об обрядах и ритуалах никогда не умирала.

And high priests said that the city would rise again.

И первосвященники сказали, что город восстанет вновь.

When the stars were right Cthulhu was going to return.

Если бы звезды сошлись, Ктулху должен был бы вернуться.

The moldy black spirits of the earth will come out again.

Заплесневелые черные духи земли снова выйдут наружу.

Shadowy black spirits full of dim rumors.

Призрачные черные духи, полные туманных слухов.

***

The spirits collected in caverns beneath forgotten sea-bottoms.

Духи, собранные в пещерах под заброшенным морским дном.

But of those spirits old Castro dared not speak much.

Но об этих духах старый Кастро не осмеливался много говорить.

And he hurriedly cut himself off from the topic.

И он поспешно прервал обсуждение.

No amount of persuasion could elicit more in this direction.

Никакие уговоры не смогли бы склонить чашу весов в этом направлении сильнее.

No subtlety could convince him to speak of those spirits.

Никакие ухищрения не могли убедить его заговорить об этих духах.

The size of the old ones, too, he curiously declined to mention.

Размеры старых зданий он тоже, как ни странно, отказался упоминать.

And of the cult he spoke very little too.

И о культе он тоже говорил очень мало.

He thought the center lay amid the pathless deserts of Arabia.

Он считал, что центр находится посреди безлюдных пустынь Аравии.

There in Irem, the City of Pillars, dreams hidden and untouched.

Там, в Иреме, городе Столпов, скрыты и нетронуты мечты.

This cult was not allied to the European witch-cult.

Этот культ не был связан с европейским культом ведьм.

And the cult was virtually unknown beyond its members.

А за пределами круга своих членов эта секта была практически неизвестна.

No book had ever really hinted of their knowledge.

Ни в одной книге не было ни малейшего намека на то, что они обладали этими знаниями.

Though the deathless Chinamen said the mad Arab Abdul Alhazred came close.

Хотя бессмертные китайцы утверждали, что безумный араб Абдул Альхазред был близок к этому.

He said that there were double meanings in his Necronomicon.

Он сказал, что в его «Некрономиконе» содержатся двойные смыслы.

The initiated were free to read it if they wanted to.

Посвященные могли читать его по своему желанию.

And they should pay attention to one couplet in particular.

И им следует обратить внимание на одно конкретное двустишие.

"That which is not dead can sleep for eternity,"

«То, что не мертво, может спать вечно».

"And with strange eons even death may die."

«И с течением странных эонов даже смерть может умереть».

Legrasse had been deeply impressed by what he heard.

Услышанное произвело на Леграсса глубокое впечатление.

And he was not a little bewildered by the tale.

И эта история его ничуть не озадачила.

He inquired in vain about the historic affiliations of the cult.

Он тщетно пытался выяснить историческую связь этого культа с историей его существования.

Castro, apparently, had told the truth about the oath of secrecy.

Кастро, по всей видимости, сказал правду о клятве о неразглашении.

The authorities at Tulane University could not offer much help either.

Администрация Тулейнского университета также не смогла оказать существенной помощи.

The were not able to shed no light upon neither cult, nor the image.

Им не удалось пролить свет ни на сам культ, ни на это изображение.

And now the detective had come to the highest authorities in the country.

И вот теперь детектив обратился к высшим должностным лицам страны.

And he heard none other than Professor Webb' tale in Greenland.

И он услышал не что иное, как рассказ профессора Уэбба из Гренландии.

***

Legrasse's tale aroused feverish interest at the meeting.

Рассказ Леграсса вызвал на встрече бурный интерес.

The story was not only significant in its implications.

Эта история имела важное значение не только по своим последствиям.

But the story was also corroborated by the statuette.

Но эту историю подтвердила и статуэтка.

The excitement echoed in the subsequent correspondence.

Волнение нашло отражение и в последующей переписке.

Those who attended stayed in close contact with each other.

Участники мероприятия поддерживали тесный контакт друг с другом.

Although scant mention occurs in the formal publications.

Хотя в официальных публикациях об этом упоминается крайне редко.

Caution is the first care of those accustomed to charlatanry.

Осторожность – это первое, что следует проявлять тем, кто привык к шарлатанству.

Impostures are kept out as much as it is possible.

По возможности, случаи самозванства сводятся к минимуму.

Legrasse for some time lent the image to Professor Webb.

Леграсс некоторое время предоставлял это изображение профессору Уэббу.

But at the latter's death the image was returned to him.

Но после смерти последнего изображение было ему возвращено.

And the image remains in Legrasse's possession.

Изображение по-прежнему находится во владении Леграсса.

This is where I viewed the terrible image not long ago.

Именно здесь я недавно увидел это ужасное изображение.

The image is unmistakably akin to Wilcox' dream-sculpture.

Изображение, несомненно, напоминает скульптуру-сновидение Уилкокса.

It was no wonder my uncle was so excited by his tale.

Неудивительно, что мой дядя был так взволнован его рассказом.

And I'm not surprised he made the efforts he made.

И меня нисколько не удивляет, что он приложил такие усилия.

He had heard everything Legrasse knew of the cult.

Он слышал всё, что Леграсс знал о культе.

And the strange cultish dreams of a sensitive young man.

А также странные, похожие на сектантские, сны чувствительного молодого человека.

The bas-relief just like the one from the swamp.

Барельеф точно такой же, как тот, что изображен на болоте.

The addition of the devil tablet in Greenland.

Добавление таблички с изображением дьявола в Гренландии.

The exact same words used in three remote occurrences.

Одни и те же слова были использованы в трёх отдалённых случаях.

The Eskimo diabolists, the mongrels in Louisiana, and then Wilcox.

Эскимосские диаболисты, дворняги из Луизианы, а затем Уилкокс.

What other conclusion could one possibly have come to?

К какому еще выводу можно было прийти?

It's only natural Professor Angel pursued this conclusion.

Вполне естественно, что профессор Энджел пришел к такому выводу.

And I wouldn't have expected him to be less thorough.

И я не ожидал, что он будет менее дотошным.

My great-uncle was a man of principled academic rigor.

Мой двоюродный дед был человеком принципиальным и строгим в академическом отношении.

Though privately I also had other plausible theories.

Хотя в частном порядке у меня были и другие правдоподобные теории.

I suspected young Wilcox of having heard of the cult.

Я подозревал, что молодой Уилкокс слышал об этом культе.

Maybe he had heard of the cult in some indirect way.

Возможно, он узнал об этом культе каким-то косвенным образом.

He could easily have invented a series of dreams.

Он вполне мог бы придумать целую серию снов.

That way he could heighten and continue the mystery.

Таким образом он мог бы усилить и развить интригу.

The dream-narratives and cuttings collected did of course corroborate.

Собранные рассказы о сновидениях и вырезки из газет, безусловно, подтвердили это.

But the rationalism of my mind had not yet been satisfied.

Но рационализм моего разума еще не был удовлетворен.

Coincidences can form highly believable illusions too.

Совпадения тоже могут создавать весьма правдоподобные иллюзии.

And we have to bear in mind the extravagance of the whole subject.

И мы должны учитывать всю экстравагантность этой темы.

So I was led to adopt what I thought the most sensible conclusions.

Поэтому я пришел к выводу, который посчитал наиболее разумным.

I thoroughly studied the manuscript from the beginning.

Я тщательно изучил рукопись с самого начала.

And I correlated the theosophical and anthropological notes.

И я сопоставил теософские и антропологические заметки.

I compared the literature with the cult narrative of Legrasse.

Я сравнил литературу с культовым повествованием о Леграссе.

I made a trip to Providence to see the sculptor.

Я съездил в Провиденс, чтобы увидеть скульптора.

And I intended to give him the rebuke I thought proper.

И я намеревался сделать ему тот выговор, который посчитал нужным.

There must be consequences, I felt, for the trick he played.

Я чувствовал, что за его уловку должны быть последствия.

He had boldly imposed himself upon a learned and aged man.
Он смело навязал себя ученому и пожилому человеку.

***

Wilcox still lived alone where my uncle had met him.
Уилкокс по-прежнему жил один там, где его встретил мой дядя.
In the Fleur-de-Lys Building in Thomas Street.
В здании «Флер-де-Лис» на улице Томаса.
A hideous Victorian imitation of Seventeenth Century Breton architecture.
Ужасная викторианская имитация бретонской архитектуры XVII века.
The building flaunted its stuccoed front amidst its surroundings.
Здание эффектно выделялось на фоне окружающей местности своим оштукатуренным фасадом.
There were lovely Colonial houses on the ancient hill.
На старинном холме стояли прекрасные дома колониальной эпохи.
And the house stood under the shadow of the finest Georgian steeple in America.
А сам дом стоял в тени самого красивого в Америке колокольного шпиля георгианской эпохи.
I found him at work in his rooms, among his sculptures.
Я застал его за работой в его комнатах, среди его скульптур.
The specimens scattered came from a very unique mind.
Представленные образцы были созданы человеком с поистине уникальным складом ума.
At once I conceded that his genius is indeed profound and authentic.
Я сразу же признал, что его гений действительно глубок и подлинн.

He has crystallized in clay that which Arthur Machen evokes in prose.

Он воплотил в глине то, что Артур Макен описывает в своей прозе.

He mirrored in marble the nightmares Clark Ashton Smith put to canvas.

Он отразил в мраморе кошмары, которые Кларк Эштон Смит перенёс на холст.

He will, I believe, be spoken of one day as one of the great decadents.

Я верю, что однажды о нем будут говорить как об одном из величайших декадентов.

He was dark, frail, and somewhat unkempt in aspect.

Он был темноволосым, хрупким и несколько неопрятным на вид.

He turned languidly at my knock on his door.

Он лениво обернулся на мой стук в дверь.

He didn't rise from his seat when I came in.

Он не встал со своего места, когда я вошёл.

And he asked me what the purpose of my visit was.

И он спросил меня, какова цель моего визита.

When I told him who I was his interest was piqued.

Когда я сказала ему, кто я, он заинтересовался.

My uncle had excited his curiosity by probing his strange dreams.

Мой дядя пробудил в нем любопытство, исследуя его странные сны.

Although he had never explained the reason for the study.

Хотя он так и не объяснил причину проведения этого исследования.

I did not enlarge his knowledge in this regard.

Я не расширил его знания в этом отношении.

But I sought with some subtlety to gain his confidence.

Но я довольно тонко пытался завоевать его доверие.

In a short time I became convinced of his absolute sincerity.

Вскоре я убедился в его абсолютной искренности.

He spoke of the dreams in a manner none could mistake.

Он рассказывал о своих снах так, что никто не мог его ошибиться.

His dreams' subconscious residuum had influenced his art profoundly.

Остатки его подсознания, сформировавшиеся во сне, оказали глубокое влияние на его творчество.

He showed me a morbid statue of the likes I had never seen before.

Он показал мне жуткую статую, подобной которой я никогда раньше не видел.

The statue's contours almost made me shake with fear.

Контуры статуи чуть не заставили меня содрогнуться от страха.

The potency of the statue's black suggestion was overbearing.

Чрезмерная выразительность черного цвета, вложенного в статую, была подавляющей.

He could not recall having seen the original of this thing.

Он не мог вспомнить, чтобы когда-либо видел оригинал этой вещи.

But the statue was inspired by his own dream bas-relief.

Но вдохновение для статуи он черпал из собственного барельефа, созданного в его сне.

The outlines had formed themselves insensibly under his hands.

Контуры сформировались незаметно под его руками.

It was, no doubt, the giant shape he had raved of in delirium.

Это, несомненно, был тот самый гигантский силуэт, о котором он кричал в бреду.

That he really knew nothing of the hidden cult he soon made clear.

Он вскоре ясно дал понять, что на самом деле ничего не знал о тайном культе.

Only my uncle's relentless catechism had given him some clues.

Лишь неустанные занятия катехизацией моего дяди дали ему некоторые подсказки.

And again I strove to explain the obvious conclusions away.

И снова я попытался объяснить очевидные выводы.

How he could possibly have received the weird impressions?

Как он вообще мог получить такие странные впечатления?

He talked of his dreams in a strangely poetic fashion.

Он рассказывал о своих снах в удивительно поэтической манере.

He made me see with terrible vividness the vistas of his dream.

Он заставил меня с ужасающей наглядностью увидеть пейзажи своего сна.

The damp Cyclopean city of slimy green stone.

Влажный циклопический город из скользкого зеленого камня.

The geometry he oddly said, was all wrong.

Он, как ни странно, заявил, что вся геометрия была неправильной.

And he spoke of what he heard with frightened expectancy.

И он рассказывал о том, что услышал, с испуганным ожиданием.

The ceaseless, half-mental calling from underground:

Непрекращающийся, полусознательный зов из-под земли:

"Cthulhu fhtagn... Cthulhu fhtagn"

"Cthulhu fhtagn... Cthulhu fhtagn"

These words had formed part of that dreaded ritual.

Эти слова были частью того ужасного ритуала.

The ritual the told of dead Cthulhu's dream-vigil.

Ритуал, повествующий о бдении во сне мертвого Ктулху.

The ritual that told of his stone vault at R'lyeh.

Ритуал, повествующий о его каменном склепе в Р'лие.

And I felt deeply moved, despite my rational beliefs.

И я был глубоко тронут, несмотря на свои рациональные убеждения.

Wilcox, I was sure, had heard of the cult in some casual way.

Я был уверен, что Уилкокс каким-то образом слышал об этом культе.

He spent his time in a mass of equally weird literature.

Он проводил время, погружаясь в массу столь же странной литературы.

He must have forgotten the source of his knowledge.

Он, должно быть, забыл источник своих знаний.

Later the cult had found subconscious expression in his dreams.

Позже культ нашел подсознательное выражение в его снах.

But this is natural when stories are so impressive.

Но это естественно, когда истории настолько впечатляющи.

Finally the cult's ideas manifested themselves in the bas-relief.

В конце концов, идеи культа нашли свое воплощение в барельефе.

And now the subject of the cult manifested itself in the terrible statue.

И вот теперь тема культа проявилась в ужасающей статуе.

I was convinced his imposture upon my uncle had been very innocent.

Я был убежден, что его обман в отношении моего дяди был совершенно безобидным.

He both slightly affected, and slightly ill-mannered.

Он был одновременно немного жеманным и немного невоспитанным.

He had a disposition which I could never like.

У него был такой характер, который мне никогда не нравился.

But I was willing enough now to admit his genius.

Но теперь я был достаточно готов признать его гениальность.

And I have no way of denying his honesty either.

И я никак не могу отрицать его честность.

Despite my initial feelings, I took leave of him amicably.

Несмотря на первоначальные чувства, я попрощался с ним мирно.

And I wish him all the success his talent promises.

И я желаю ему всяческих успехов, которые сулит его талант.

***

The matter of the cult continued to fascinate me.

Вопрос о культе продолжал меня завораживать.

At times I had visions of the personal fame I could attain.

Порой мне снились видения той личной славы, которой я мог бы достичь.

I visited New Orleans and talked with Legrasse.

Я посетил Новый Орлеан и поговорил с Леграссом.

And I spoke with other policemen of that swamp raid.

И я поговорил с другими полицейскими об этом рейде на болото.

I saw the frightful image with my own eyes.

Я своими глазами видел эту ужасающую картину.

And I even questioned some of the surviving mongrel prisoners.

И я даже опросил некоторых из выживших заключенных-метисов.

Old Castro, unfortunately, had been dead for some years.

К сожалению, старый Кастро умер несколько лет назад.

What I now heard so graphically at first hand excited me afresh.

То, что я услышал столь наглядно из первых уст, вновь вызвало у меня восторг.

Though it was really no more than a detailed confirmation.

Хотя на самом деле это было всего лишь подробное подтверждение.

What they told me I had already read in my uncle's notes.

То, что они мне рассказали, я уже читал в записях моего дяди.

I felt sure that I was on the track of a very real secret.

Я был уверен, что иду по следу очень важной тайны.

And I was sure I was going to discover a very ancient religion.

И я был уверен, что открою для себя очень древнюю религию.

The discovery would make me an anthropologist of note.

Это открытие сделало бы меня выдающимся антропологом.

My attitude was still one of absolute rational materialism.

Моя позиция по-прежнему оставалась позицией абсолютного рационального материализма.

And I wish my attitude to the subject matter had not changed.

И мне бы очень хотелось, чтобы мое отношение к этой теме не изменилось.

I discounted with almost inexplicable perversity the coincidences.

Я с почти необъяснимой извращенностью игнорировал все эти совпадения.

The dream notes and odd cuttings collected by Professor Angell.

Записи снов и отдельные вырезки, собранные профессором Энджеллом.

One thing I began to doubt was the cause of my uncle's death.

Я начал сомневаться в причине смерти моего дяди.

I began to suspect his death was far from natural.

Я начал подозревать, что его смерть была далеко не естественной.

And I now fear I know my uncle's death was not natural.

И теперь я боюсь, что знаю: смерть моего дяди была неестественной.

It was on a narrow hill street where he fell.

Он упал на узкой холмистой улочке.

The street lead up from the ancient waterfront.

Улица вела вверх от старинной набережной.

The port-town swarms with foreign mongrels.

Портовый город кишит иностранными метисами.

He fell after a careless push from a negro sailor.

Он упал после неосторожного толчка со стороны
чернокожего моряка.

**I had not forgotten the mixed blood of the cult-members in
Louisiana.**

Я не забыл о смешанном происхождении членов культа в
Луизиане.

I had not forgotten the sailors in the voodoo orgy.

Я не забыл моряков, участвовавших в вуду-оргии.

**And would not be surprised to learn that they had other
knowledge too.**

И я бы не удивился, узнав, что у них были и другие знания.

Secret methods as anciently known as the cryptic rites.

Тайные методы, известные с древних времен как
криптографические обряды.

Poison needles as ruthless their demonic beliefs.

Отравленные иглы так же безжалостны, как и их
демонические верования.

Legrasse and his men, it is true, have been let alone.

Леграсса и его людей, правда, оставили в покое.

But in Norway a certain seaman who saw things is dead.

Но в Норвегии умер один моряк, который видел всякое.

**Might not sinister ears have picked up my uncle's interest in
the sculptor?**

Возможно, зловещие уши уловили интерес моего дяди к
этому скульптору?

**Might not the deeper inquiries of my uncle have drawn
someone's attention?**

Возможно, более глубокие расспросы моего дяди
привлекли бы чье-нибудь внимание?

I think Professor Angell died because he knew too much.

Я думаю, профессор Энджелл умер, потому что знал
слишком много.

Or he died because he was likely to learn too much.

Или же он умер, потому что, скорее всего, узнал бы
слишком много нового.

Whether I shall go out as he did remains to be seen.
Повторю ли я его судьбу, покажет время.
Because I too have learned much about Cthulhu.
Потому что я тоже много узнал о Ктулху.

The Madness from the Sea
Безумие из моря

There is one great boon heaven could grant me.

Есть одно великое благо, которое небеса могли бы мне
даровать.

The total effacing of the results of a mere chance.

Полное стирание результатов, полученных по чистой
случайности.

I wish I had never seen that stray piece of paper.

Как жаль, что я когда-либо видел этот случайный клочок
бумаги.

My daily routine would normally not have taken me there.

Обычно мой распорядок дня не привел бы меня туда.

On any other day I would not have noticed anything.

В любой другой день я бы ничего не заметил.

It was an old number of an Australian journal.

Это был старый номер австралийского журнала.

The Sydney Bulletin for April 18, 1925

«Сиднейский бюллетень» от 18 апреля 1925 года.

The paper had even slipped past the cutting bureau.

Газета даже ускользнула от бюро по раскройке.

I had largely given over my inquiries to a friend.

Я в основном поручил свои исследования другу.

He had taken on the work of most of the research.

Он взял на себя большую часть исследовательской работы.

He had come to refer to the group as the "Cthulhu Cult".

Он стал называть эту группу "культом Ктулху".

I was visiting my learned friend of Paterson, New Jersey.

Я гостил у своего учёного друга в Патерсоне, штат Нью-
Джерси.

The curator of a local museum, and a mineralogist of note.

Куратор местного музея и известный минералог.

While at his museum I had access to the reserved specimens.

Во время посещения его музея у меня был доступ к
зарезервированным экспонатам.

And this is when an odd picture caught my attention.

И тут мое внимание привлекла одна странная фотография.

Beneath one of the stones was the Sydney Bulletin I mentioned.

Под одним из камней лежал упомянутый мной «Сиднейский бюллетень».

My friend has wide affiliations in all conceivable foreign lands.

У моего друга обширные связи во всех мыслимых зарубежных странах.

The picture was a half-tone cut of a hideous stone image.

Изображение представляло собой полутоновую аппликацию ужасного каменного изображения.

Almost identical with the stone Legrasse had found in the swamp.

Практически идентичен камню, найденному Леграссом в болоте.

Eagerly I read the article for its precious contents.

Я с нетерпением прочитал статью из-за её ценного содержания.

But I was disappointed to find that it was just a short article.

Но я был разочарован, обнаружив, что это всего лишь короткая статья.

Although brief, the information was of portentous significance.

Несмотря на краткость, информация имела чрезвычайно важное значение.

"MYSTERY DERELICT FOUND AT SEA"

«В море обнаружен загадочный заброшенный корабль»

Vigilant Arrives With Helpless Armed New Zealand Yacht in Tow.

Судно Vigilant прибывает с беспомощной вооруженной новозеландской яхтой на буксире.

One Survivor and one Dead Man Found Aboard.

На борту обнаружены один выживший и один погибший.

Tale of Desperate Battle and Deaths at Sea.

История отчаянной битвы и гибели людей в море.

Rescued Seaman Refuses Particulars of Strange Experience.

Спасённый моряк отказывается раскрывать подробности странного происшествия.

Odd Idol Found in His Possession, Inquiry to Follow.

В его владении обнаружен странный идол, будет проведено расследование.

The Alert of Dunedin yacht, N.Z., had been disabled in battle.

Яхта Alert из Данидина, Новая Зеландия, была выведена из строя в ходе боя.

Previously the ship had left from Valparaiso on March 25th.

Ранее, 25 марта, судно отплыло из Вальпараисо.

On April 2nd the ship was driven considerably south of her course.

2 апреля судно значительно отклонилось от курса в южном направлении.

Exceptionally heavy storms had redirected the ship.

Из-за исключительно сильных штормов судно изменило свой курс.

Monster waves forced the ship to take a different route.

Огромные волны вынудили корабль изменить маршрут.

On April 12th the ship was sighted by another ship.

12 апреля корабль был замечен другим судном.

Latitude 34° 21', Longitude 152° 17'

Широта 34° 21', долгота 152° 17'

Initially they thought the ship had been deserted.

Поначалу они думали, что корабль покинут.
But one still living man had been found on board.
Но на борту был обнаружен один еще живой мужчина.
This lone survivor was in a half-delirious condition.
Этот единственный выживший находился в полубредовом состоянии.
The only other victim found was a man already dead a week.
Единственной другой найденной жертвой был мужчина, который умер неделю назад.
Now the heavily armed steam yacht was being towed.
Теперь тяжело вооруженную паровую яхту буксировали.
And this morning the ship was coming in to its wharf.
А сегодня утром корабль заходил в порт.
The living man was clutching a horrible stone idol.
Живой мужчина держал в руках ужасного каменного идола.
The stone idol was about a foot in height.
Высота каменного идола составляла около фута.
And the origins of the stone were completely unknown.
Происхождение камня оставалось совершенно неизвестным.
Authorities at Sydney university were baffled.
Руководство Сиднейского университета было в недоумении.
The Royal Society couldn't offer information about the idol.
Королевское общество не смогло предоставить информацию об идоле.
And the Museum in College street had no insights either.
И в музее на Колледж-стрит тоже ничего интересного не нашли.
The survivor says he found the stone in the cabin of the yacht.
Выживший утверждает, что нашел камень в каюте яхты.
Allegedly the idol was in a small carved shrine.
По преданию, идол находился в небольшом резном святилище.
And the carvings of the shrine were of common pattern.

И резьба по камню в святилище имела общий узор.

This man eventually recovered back to his senses.

В конце концов, этот человек пришёл в себя.

And he told an exceedingly strange story of piracy and slaughter.

И он рассказал крайне странную историю о пиратстве и резне.

He is Gustaf Johansen, a Norwegian of some intelligence.

Это Густаф Йохансен, норвежец, обладающий неплохим интеллектом.

And he had been second mate of the two-masted schooner Emma of Auckland.

Он был вторым помощником капитана двухмачтовой шхуны «Эмма» из Окленда.

The ship sailed for Callao February 20th, manned by eleven sailors.

Корабль отплыл в Кальяо 20 февраля, на его борту находилось одиннадцать моряков.

The ship, he says, was delayed and thrown widely south of her course.

По его словам, судно задержалось и его сильно отбросило на юг от курса.

There was a great storm on March 1st, and on March 22nd.

1 марта и 22 марта был сильный шторм.

On their journey they encountered another ship.

В ходе своего путешествия они встретили другой корабль.

This was in S. Latitude 49° 51′, W. Longitude 128° 34′

Это произошло на южной широте 49° 51′ и западной долготе 128° 34′.

This ship was manned by a queer and evil-looking crew.

На этом корабле служила странная и зловещая на вид команда.

All the men were of Kanakas and half-castes.

Все мужчины были канаками и метисами.

Being ordered peremptorily to turn back, Capt. Collins refused.

Получив безоговорочный приказ вернуться, капитан Коллинз отказался.

Without warning the strange crew began to shoot savagely upon the schooner.

Совершенно неожиданно странная команда открыла яростный огонь по шхуне.

They shot a peculiarly heavy battery of brass cannon.

Они обстреляли необычайно мощную батарею латунных пушек.

The men from his ship showed fighting spirit, says the survivor.

По словам выжившего, моряки с его корабля проявили боевой дух.

The schooner began to sink from shots beneath the waterline.

Шхуна начала тонуть из-за попаданий снарядов ниже ватерлинии.

But they managed to heave alongside their enemy boat, and board her.

Но им удалось пришвартоваться рядом с вражеским катером и подняться на его борт.

They grappled with the savage crew on the yacht's deck.

Они вступили в схватку с дикими членами экипажа на палубе яхты.

Their mode of fighting seemed to be strangely clumsy.

Их манера ведения боя казалась на удивление неуклюжей.

But defeat did not seem to be an option for these savage men.

Но поражение, похоже, не было вариантом для этих дикарей.

They had a particularly abhorrent and desperate way of fighting.

Они вели особенно отвратительный и отчаянный бой.

So they had no choice but to kill all men of the enemy ship.

Поэтому у них не оставалось иного выбора, кроме как убить всех членов экипажа вражеского корабля.

Three of their men were also killed in the fight.

В ходе боя также погибли трое их бойцов.
Capt. Collins and First Mate Green were among the dead.
Капитан Коллинз и первый помощник Грин были среди
погибших.
**Second Mate Johansen took over control from First Mate
Green.**
Второй помощник капитана Йохансен принял управление
от первого помощника капитана Грина.
**And the remaining eight men proceeded to navigate the
captured yacht.**
А оставшиеся восемь человек приступили к управлению
захваченной яхтой.
**They proceeded to continue in the original direction they
were going.**
Они продолжили движение в том же направлении, в
котором изначально планировали.
**To see if there had been any reason they were ordered to
turn around.**
Чтобы выяснить, были ли какие-либо основания для того,
чтобы им приказали развернуться.

***

The next day, it appears, they landed on a small island.
Судя по всему, на следующий день они высадились на
небольшом острове.
**Although no island is known to exist in that part of the
ocean.**
Хотя в этой части океана, насколько известно, не
существует ни одного острова.
Six of the men somehow died ashore while on the island.
Шестеро из этих мужчин по какой-то причине погибли на
берегу острова.
**Though Johansen is queerly reticent about this part of his
story.**
Хотя Йохансен на удивление неохотно рассказывает об
этой части своей истории.

And he speaks only of their falling into a rock chasm.

И он говорит лишь о том, как они упали в скальную пропасть.

Later, it seems, he and one companion boarded the yacht.

Позже, судя по всему, он и один из его спутников поднялись на борт яхты.

Together they tried to sail the ship, undermanned.

Вместе они попытались управлять кораблем, несмотря на нехватку экипажа.

But they were beaten about by the storm of April 2nd.

Но их сильно потрепал шторм 2 апреля.

From that time till his rescue on the 12th, the man remembers little.

С того времени и до своего спасения 12-го числа мужчина почти ничего не помнит.

And he does not even recall when William Briden, his companion, died.

И он даже не помнит, когда умер его спутник Уильям Брайден.

Autopsy could reveal no obvious cause to Briden's death.

Вскрытие не выявило очевидной причины смерти Бридена.

The most likely cause of death is exposure to the elements.

Наиболее вероятной причиной смерти является переохлаждение.

The Dunedin reported that their boat, the Alert, was well known.

Жители Данидина сообщили, что их лодка, «Алерт», была хорошо известна.

The island traders bore an evil reputation along the waterfront.

Торговцы, торгующие на острове, имели дурную репутацию на набережной.

The ship was owned by a curious group of half-castes.

Корабль принадлежал странной группе метисов.

Frequent meetings and night trips to the woods attracted curiosity.

Частые встречи и ночные походы в лес вызывали любопытство.

The ship had set sail in great haste on March 1st.

Корабль отплыл в большой спешке 1 марта.

Just after the storm, and the earth tremors that night.

Сразу после бури, и той ночью произошли землетрясения.

Our Auckland correspondent gives the Emma excellent reputation.

Наш корреспондент из Окленда высоко оценил отель «Эмма».

The Crew from the Emma were held very in high regard.

Члены экипажа "Эммы" пользовались большим уважением.

And Johansen is described as a sober and worthy man.

Йохансена описывают как трезвого и достойного человека.

The admiralty will institute an inquiry on the whole matter.

Адмиралтейство проведет расследование по всему этому делу.

Starting tomorrow they will collect all relevant information.

Начиная с завтрашнего дня, они начнут собирать всю необходимую информацию.

Every effort will be made to induce Johansen to speak.

Будут предприняты все усилия, чтобы побудить Йохансена высказаться.

This and the hellish image were all the information I had to go on.

Это и ужасающая картинка — вся информация, которая у меня была.

But what a train of ideas that little information started in my mind!

Но какой же поток идей зародился в моей голове из-за этой небольшой информации!

Here were new treasuries of data on the Cthulhu Cult.

Здесь были обнаружены новые сокровища данных о культе Ктулху.

The cult not only had interests on land.

Культ имел интересы не только в отношении земли.

Now there was evidence they also had connections to the sea.

Теперь появились доказательства того, что они также имели связь с морем.

What motive prompted the hybrid crew to order back the Emma?

Какой мотив побудил экипаж гибрида отдать приказ вернуть «Эмму»?

Why did they sail about with their hideous idol?

Зачем они плавали со своим отвратительным идолом?

What was the unknown island on which six of the Emma's crew had died?

Что это был за неизвестный остров, на котором погибли шесть членов экипажа «Эммы»?

And why was Johansen so secretive about their death?

И почему Йохансен так скрывал их смерть?

What had the vice-admiralty's investigation brought out?

Что выявило расследование вице-адмиралтейства?

And what was known of the noxious cult in Dunedin?

А что было известно о пагубном культе в Данидине?

Nor could one help but marvel at the timing of the events.

Нельзя было не удивиться тому, как быстро эти события совпали по времени.

There was a deep and more than natural linkage between the dates.

Между этими датами существовала глубокая и более чем естественная связь.

A malign and now undeniable significance to the various turns of events.

Зловещее и теперь уже неоспоримое значение для различных поворотов событий.

***

My uncle had noted with great care the connecting events.

Мой дядя очень внимательно отслеживал взаимосвязь
событий.

On March 1st the earthquake and storm had come.

1 марта произошло землетрясение и шторм.

February 28th, according to the International Date Line.

28 февраля, согласно данным Международной линии
смены дат.

**From Dunedin the noisome crew of the Alert darted eagerly
forth.**

Из Данидина шумный экипаж корабля «Алерт» с
нетерпением двинулся в путь.

They moved as if they had been imperiously summoned.

Они двигались так, словно их властно призвали.

On the other side of the earth the other events unfolded.

На другом конце земли разворачивались другие события.

Poets and artists had begun to have their strange dreams.

Поэты и художники начали видеть странные сны.

Dreams of a dank Cyclopean city from times long gone.

Мечты о сыром циклопическом городе из давно
минувших времен.

A young sculptor was persuaded by these dreams too.

Эти сны убедили и молодого скульптора.

In his sleep he molded the form of the dreaded Cthulhu.

Во сне он вылепил облик ужасного Ктулху.

**On March 23rd the crew of the Emma landed on an
unknown island.**

23 марта экипаж корабля «Эмма» высадился на
неизвестном острове.

There on that island they left six men dead.

Там, на том острове, они оставили шестерых убитых.

**On that date the dreams of sensitive men assumed a
heightened vividness.**

В тот день сны чувствительных мужчин приобрели особую
яркость.

**Their dreams darkened with dread of a giant monster's
malign pursuit.**

Их сны омрачались ужасом перед злобным преследованием гигантского чудовища.

One architect went mad from his dreams that night.

В ту ночь один архитектор сошёл с ума от своих снов.

And a sculptor had lapsed suddenly into delirium!

А скульптор внезапно впал в бредовое состояние!

And then there was the storm of April 2nd.

А потом был шторм 2 апреля.

The date on which all dreams of the dank city ceased.

Дата, когда все мечты этого мрачного города угасли.

Wilcox emerged unharmed from the bondage of strange fever.

Уилкокс вышел невредимым из плена странной лихорадки.

And everything appeared to be normal again.

И всё, казалось, снова стало нормальным.

But what about the hints old Castro had suggested?

Но как же насчет намеков, которые намекал старый Кастро?

What about the sunken, star-born old ones?

А что насчёт затонувших, рождённых у звёзд древних существ?

What about their promised return and coming reign?

А как же их обещанное возвращение и грядущее правление?

What about their faithful cult and their mastery of dreams?

А что насчет их преданного культа и их умения управлять сновидениями?

Was I tottering on the brink of cosmic horrors?

Неужели я балансирую на грани космических ужасов?

Cosmic horrors far beyond man's power to bear?

Космические ужасы, неподвластные человеческой силе?

If so, they must be horrors of the mind alone.

Если это так, то это, должно быть, ужасы, порожденные исключительно разумом.

On the second of April there was sudden coordinated calm.

2 апреля внезапно установилось скоординированное затишье.

The monstrous menace that sieged mankind's soul had vanished.

Чудовищная угроза, осаждавшая душу человечества, исчезла.

That evening I made all necessary arrangements for onwards travel.

В тот вечер я принял все необходимые меры для дальнейшего путешествия.

I bade my host adieu and took a train for San Francisco.

Я попрощался с хозяином и сел на поезд до Сан-Франциско.

***

In less than a month I was at the port of Dunedin.

Менее чем через месяц я уже был в порту Данидина.

Here, however, my investigation stumbled slightly.

Однако здесь мое расследование немного застопорилось.

I inquired in the old sea taverns where the men had lingered.

Я расспросил в старых морских тавернах, где задержались эти мужчины.

But little was known of the strange cult members.

Но о странных членах культа было известно очень мало.

Waterfront scum was far too common for special mention.

Набережная была слишком распространенным явлением, чтобы о ней специально упоминать.

But there was vague talk about one inland trip these mongrels had made.

Но ходили смутные слухи об одной поездке этих дворняг вглубь страны.

Faint drumming and red flames were noted on the distant hills.

Вдали, на холмах, были слышны слабые барабанные ритмы и видны красные языки пламени.

In Auckland I learned only a little more of Johansen.

В Окленде я узнал о Йохансене лишь немного больше.

He had been taken to Sydney for the investigation.

Его доставили в Сидней для проведения расследования.

A perfunctory and inconclusive questioning turned his hair white.

Поверхностный и безрезультатный допрос привел к тому, что у него поседели волосы.

Thereafter he sold his cottage in West Street.

Впоследствии он продал свой коттедж на Вест-стрит.

And he sailed with his wife to his old home in Oslo.

И он вместе с женой отплыл в свой старый дом в Осло.

His experience had clearly stirred him deeply.

Пережитое, несомненно, глубоко потрясло его.

But he told his friends no more than he had told the admiralty officials.

Но своим друзьям он рассказал не больше, чем чиновникам адмиралтейства.

And all they could do was to give me his Oslo address.

И всё, что они смогли сделать, это дать мне его адрес в Осло.

After that I went to Sydney and talked profitlessly with seamen.

После этого я поехал в Сидней и бесполезно беседовал с моряками.

Members of the vice-admiralty court could not enlighten me either.

Члены вице-адмиралтейского суда также не смогли меня просветить.

I tracked the Alert down to Circular Quay in Sydney Cove.

Я выяснил, что источником оповещения является район Circular Quay в бухте Сиднея.

The ship had been sold and was again in commercial use.

Корабль был продан и снова использовался в коммерческих целях.

But I could gain no further clues from the ship's cargo.

Но из груза корабля мне не удалось получить никаких дополнительных подсказок.

The image was preserved in the Museum at Hyde Park.

Изображение сохранилось в музее в Гайд-парке.

The cuttlefish head, dragon body, and scaly wings.

Голова каракатицы, тело дракона и чешуйчатые крылья.

The monster crouching atop the hieroglyphed pedestal.

Чудовище, притаившееся на вершине постамента с иероглифами.

I studied every detail of the idol long and well.

Я долго и тщательно изучал каждую деталь идола.

The relic was a thing of balefully exquisite workmanship.

Эта реликвия представляла собой образец зловещей изысканности и мастерства.

I couldn't help but notice the similarity to Legrasse's smaller specimen.

Я не мог не заметить сходство с более мелким экземпляром Леграсса.

Both idols had the same utter mystery and terrible antiquity.

Оба идола обладали одинаковой абсолютной загадочностью и ужасающей древностью.

And both idols had the same unearthly strangeness of material.

И оба идола обладали одинаковой неземной странностью материала.

Geologists, the curator told me, had found it a monstrous puzzle.

Как мне рассказал куратор, геологи сочли это чудовищной загадкой.

They insisted that the world held no rock like this one.

Они настаивали, что в мире нет скалы, подобной этой.

Then I thought with a shudder of what old Castro had told Legrasse.

Затем меня с содроганием посетили слова старого Кастро, сказанные Леграссе.

The tale of the primal great ones, sunken under the sea.

История о первобытных великих существах, затонувших под водой.

"They had come from the stars."

«Они прибыли со звёзд».

"They had brought their images with them."

«Они привезли с собой свои изображения».

I was shaken with a mental revolution as I had never before known.

Я был потрясен таким психологическим потрясением, какого никогда прежде не испытывал.

I was now completely resolved to visit Mate Johansen in Oslo.

Теперь я твердо решил навестить Мате Йохансена в Осло.

Sailing for London, I re-embarked at once for the Norwegian capital.

Отплыв в Лондон, я тут же вернулся на борт и направился в столицу Норвегии.

And one autumn day I landed at the wharves.

И вот однажды осенним днем я высадился на пристани.

***

Johansen's hometown was in the shadow of the Egeberg.

Родной город Йохансена находился в тени горы Эгеберг.

I discovered he lived in the Old Town of King Harold Haardrada.

Я обнаружил, что он жил в Старом городе короля Гарольда Хардрады.

For centuries the greater city had masqueraded as "Christiania".

На протяжении веков этот крупный город выдавал себя за «Кристианию».

King Harald Hardrada kept alive the name of Oslo.

Король Харальд Хардрада сохранил имя Осло.

I made the brief trip to his residences by taxicab.

Я совершил короткую поездку к нему домой на такси.

A neat and ancient building with plastered front.

Аккуратное старинное здание с оштукатуренным фасадом.
And I knocked with palpitant heart at the door.
И я, с бешено бьющимся сердцем, постучал в дверь.
A sad-faced woman in black answered my summons.
На мой вызов ответила женщина в черном с печальным лицом.
I was stung with disappointment at the sight.
Увиденное меня огорчило и вызвало чувство разочарования.
She told me in halting English that Gustaf Johansen was no more.
Она сказала мне на ломаном английском, что Густафа Йохансена больше нет.
He had not long survived his return, said his wife.
Как сообщила его жена, он недолго прожил после возвращения.
The doings at sea in 1925 had broken him.
События, произошедшие в море в 1925 году, сломили его.
He had told her no more than he had told the public.
Он не сказал ей ничего больше, чем сказал общественности.
But he had left a long manuscript of "technical matters".
Но он оставил после себя длинный манускрипт, содержащий «технические сведения».
These notes of the voyage had been written in English.
Эти записи о путешествии были сделаны на английском языке.
Evidently in order to safeguard her from the peril of casual perusal.
Очевидно, чтобы уберечь ее от опасности случайного ознакомления.
He had gone for a walk through a narrow lane near the Gothenburg dock.
Он отправился на прогулку по узкой улочке недалеко от дока в Гётеборге.
A bundle of papers falling from an attic window had knocked him down.

Пачка бумаг, упавшая с чердачного окна, сбила его с ног.

Two Lascar sailors at once helped him to his feet.

Двое ласкарских моряков тут же помогли ему подняться на ноги.

But before the ambulance could reach him he was dead.

Но прежде чем скорая помощь успела до него добраться, он был мертв.

The physicians found no adequate cause for his death.

Врачи не нашли уважительной причины его смерти.

They mostly attributed his death to heart trouble.

Причиной его смерти чаще всего называли проблемы с сердцем.

But they added his weakened constitution most likely contributed.

Но они добавили, что, скорее всего, этому способствовало его ослабленное здоровье.

I now felt a deep gnawing at my vitals.

Теперь я чувствовала глубокую, ноющую боль в жизненно важных органах.

A dark terror which will never leave me till I, too, am at rest.

Мрачный ужас, который не покинет меня, пока и я не обрету покой.

Whether my death will come "accidentally" or not I can't tell.

Не знаю, наступит ли моя смерть «случайно» или нет.

I spoke to the widow about her husband's work.

Я поговорил с вдовой о работе ее мужа.

And I persuaded her I had a "technical" connection to him.

И я убедил её, что у меня есть с ним «техническая» связь.

So she felt I was sufficiently entitled to the manuscript.

Поэтому она посчитала, что я имею полное право на рукопись.

And so I attained the dead man's writing.

И так я обрел записи покойного.

I began to read the documents on the boat to London.

Я начал читать документы на корабле, следовавшем в Лондон.

They were little more than simple, rambling notes.

Это были всего лишь простые, бессвязные заметки.

A naive sailor's effort at a post-facto diary.

Наивная попытка моряка вести дневник задним числом.

He strove to recall that last awful voyage day by day.

Он изо всех сил старался день от дня вспоминать то последнее ужасное путешествие.

I cannot attempt to transcribe his notes verbatim.

Я не могу попытаться переписать его заметки дословно.

The manuscript is clouded with vagueness and redundance.

Рукопись полна неясностей и избыточности.

But I will tell the gist of what he wrote.

Но я расскажу суть того, что он написал.

Perhaps then you will understand why I stuffed my ears with cotton.

Возможно, тогда вы поймете, почему я затыкал уши ватой.

The sound of the water against the vessel's sides became unendurable.

Звук воды, плещущейся о борта судна, стал невыносимым.

***

Johansen, thank God, did not quite know what he had seen.

Йохансен, слава Богу, не совсем понимал, что видел.

But it is evident he had seen the city and the Thing.

Но очевидно, что он видел город и это Существо.

I shall never sleep calmly again when I think of the horrors.

Я никогда больше не смогу спокойно спать, вспоминая об этих ужасах.

The horrors that lurk ceaselessly behind life in time and space.

Ужасы, которые неустанно таятся за пределами жизни во времени и пространстве.

Those unhallowed blasphemies that come from elder stars.

Эти нечестивые богохульства, исходящие от древних звёзд.

Dreamers beneath the sea known only by a nightmare cult.

Подводные сновидцы, известные лишь культу кошмаров.

A cult ready and eager to release these monsters into the world.

Культ, готовый и жаждущий выпустить этих монстров в мир.

Whenever another earthquake raises their monstrous stone city again.

Всякий раз, когда очередное землетрясение вновь поднимает их чудовищный каменный город.

When Cthulhu is under the light of the sun once more.

Когда Ктулху снова окажется под лучами солнца.

Johansen's voyage had begun just as he told it to the vice-admiralty.

Путешествие Йохансена началось именно так, как он и рассказал вице-адмиралтейству.

The Emma, in ballast, had cleared Auckland on February 20th.

Судно «Эмма», находившееся в балласте, покинуло Окленд 20 февраля.

The ship had felt the full force of that earthquake-born tempest.

Корабль в полной мере ощутил на себе всю мощь этой бури, вызванной землетрясением.

The horrors from the sea-bottom that filled men's dreams.

Ужасы морского дна, которые наполняли сны людей.

Once under control again the ship was making good progress.

После того как ситуация снова взяла под контроль, корабль успешно продвигался вперед.

But then the ship was held up by the Alert on March 22nd.

Но затем 22 марта судно было задержано из-за тревоги.

I could feel the mate's regret as he wrote of her bombardment and sinking.

Я чувствовал сожаление помощника капитана, когда он писал о бомбардировке и крушении корабля.

Of the swarthy cult-fiends on the other boat he speaks with horror.

О смуглых фанатиках из другого корабля он говорит с
ужасом.

There was some peculiarly abominable quality about them.

В них было что-то особенно отвратительное.

Something made their destruction seem almost a duty.

Что-то заставляло их уничтожение восприниматься почти
как долг.

**This point was brought up during the proceedings of the
court of inquiry.**

Этот вопрос был поднят в ходе разбирательства в
следственной комиссии.

**Johansen shows ingenuous wonder at the accusation of
ruthlessness.**

Йохансен с наивным удивлением воспринимает обвинение
в безжалостности.

Curiosity is what drove the men on in their captured yacht.

Любопытство было движущей силой, двигавшей
мужчинами вперед на захваченной яхте.

Sticking out of the sea the men sighted a great stone pillar.

Высунувшись из моря, мужчины увидели огромный
каменный столб.

**In South Latitude 47° 9', West Longitude 126° 43' they come
upon a coastline.**

В точке с южной широтой 47° 9' и западной долготой 126°
43' они приближаются к побережью.

**The coastline was of mingled mud, ooze, and weedy
Cyclopean masonry.**

Береговая линия состояла из смеси грязи, ила и заросшей
сорняками циклопической кладки.

**Nothing less than the tangible substance of earth's supreme
terror.**

Ни что иное, как осязаемая сущность величайшего ужаса
Земли.

They had come across the nightmare corpse-city of R'lyeh.

Они наткнулись на кошмарный город трупов Р'лиех.

A city built in measureless eons behind history.

Город, построенный за бесчисленные миллионы лет,
оторванные от истории.
**Monuments to vast loathsome shapes that seeped down
from the dark stars.**
Памятники огромным, отвратительным образованиям,
словно спустившимся с темных звезд.
**There lay great Cthulhu and his hordes for incalculable
cycles.**
Там, на протяжении бесчисленных циклов, покоился
великий Ктулху и его полчища.
Hidden in green slimy vaults, they sent out their thoughts.
Скрываясь в зеленых, скользких хранилищах, они
посылали свои мысли.
The thoughts that spread fear to the dreams of the sensitive.
Мысли, вселяющие страх в сны чувствительных людей.
The thoughts that called imperiously to the faithful.
Мысли, которые властно взывали к верующим.
"Come on a pilgrimage of liberation and restoration."
«Отправляйтесь в паломничество к освобождению и
восстановлению».
All this horror Johansen had no way of suspecting.
Обо всех этих ужасах Йохансен никак не мог подозревать.
But God knows he had soon seen enough!
Но, как известно, вскоре он увидел достаточно!
I suppose what they saw was only a single mountain-top.
Полагаю, они видели лишь одну горную вершину.
Soon the rest of the city emerged from the waters.
Вскоре остальная часть города показалась из воды.
**The hideous monolith-crowned citadel where great Cthulhu
was buried.**
Уродливая цитадель, увенчанная монолитом, где был
похоронен великий Ктулху.
I shudder to think of all that may be brooding down there.
Мне страшно представить, что там, внизу, может быть,
творится всякое.
And I almost wish to kill myself to stop these thoughts.

И мне почти хочется покончить с собой, чтобы избавиться от этих мыслей.

***

Johansen and his men were awed by the cosmic majesty.
Йохансен и его люди были поражены космическим величием.
They beheld the sight of this dripping Babylon of elder demons.
Они увидели перед собой этот залитый потомством Вавилон, населенный древними демонами.
They must have guessed without guidance what it was they saw.
Вероятно, они без всякого руководства догадались, что именно увидели.
What they saw was nothing of this or of any sane planet.
То, что они увидели, не имело ничего общего ни с этим, ни с какой-либо другой здравомыслящей планетой.
The unbelievable size of the greenish stone blocks.
Невероятные размеры этих зеленоватых каменных блоков.
The dizzying height of the great carven monolith.
Головокружительная высота этого величественного высеченного монолита.
And then there was the bas-reliefs found on the captured ship.
А еще были барельефы, найденные на захваченном корабле.
The colossal statues mirrored the scene on the carvings.
Колоссальные статуи точно отражали сцену, изображенную на резных изображениях.
Johansen achieved something very close to futurism.
Йохансену удалось достичь чего-то очень близкого к футуризму.
Because he did not describe any definite structure or building.

Потому что он не описал никакой конкретной структуры или здания.

He dwelled on the broad impressions of vast angles and stone surfaces.

Он сосредоточился на общих впечатлениях от огромных углов и каменных поверхностей.

Surfaces too great to belong to anything right or proper for this earth.

Поверхности слишком обширны, чтобы принадлежать чему-либо правильному или уместному для этой земли.

Surfaces impious with horrible images and hieroglyphs.

Поверхности, вызывающие отвращение, украшены ужасающими изображениями и иероглифами.

There is a reason I mention his talk about angles.

Неслучайно я упоминаю его рассуждения об углах.

It reminds me of something Wilcox had told me of his awful dreams.

Это напоминает мне рассказ Уилкокса о его ужасных снах.

He had said that the geometry of the dream-place he saw was abnormal.

Он сказал, что геометрия увиденного им места из сна была ненормальной.

Non-Euclidean spheres unlike anything here on earth.

Неевклидовы сферы, не похожие ни на что подобное на Земле.

Loathsomely redolent dimensions completely unlike ours.

Мерцающие, отвратительно пахнущие измерения, совершенно непохожие на наши.

Now a seaman was describing the exact same thing.

Теперь один моряк описывал то же самое.

They bad both had the same terrible glimpse of this reality.

Оба они оба столкнулись с ужасающим зрелищем этой реальности.

Johansen and his men landed at a sloping mud-bank.

Йохансен и его люди высадились на пологом илистом берегу.

And they looked up at this monstrous Acropolis.

И они взглянули на этот чудовищный Акрополь.
They clambered slippery up over titan oozy blocks.
Они скользко карабкались по огромным, тягучим блокам.
Blocks which could have been no mortal staircase.
Блоки, которые никак не могли бы служить лестницей для смертных.
The very sun of heaven seemed distorted in this mist.
В этом тумане даже небесное солнце казалось искаженным.
A polarizing miasma welling out from this sea-soaked perversion.
Из этой пропитанной морем извращенной атмосферы поднимается противоречивая зловещая дымка.
Twisted menace and suspense lurked in those elusive rocks.
В этих неуловимых скалах таились зловещая угроза и напряжение.
A second glance showed concavity where the first showed convexity.
При повторном взгляде обнаружилась вогнутость там, где при первом взгляде была выпуклость.
Something very like fright had come over all the explorers.
Всех исследователей охватил страх, очень похожий на страх.
Each man would have fled had he not feared the scorn of the others.
Каждый из них сбежал бы, если бы не боялся презрения остальных.
And it was only half-heartedly that they vainly searched.
И они искали лишь с неохотой и тщетно.
They were looking for some portable souvenir to bear away.
Они искали какой-нибудь портативный сувенир, который можно было бы увезти с собой.
It was Rodriguez, the Portuguese, who climbed up the foot of the monolith.
Это был португалец Родригес, который поднялся к подножию монолита.
From there he shouted of what he had found.

Оттуда он крикнул о том, что обнаружил.

The rest followed him to the foot of the monolith.

Остальные последовали за ним к подножию монолита.

They looked curiously at the immense door in front of them.

Они с любопытством разглядывали огромную дверь перед собой.

The now familiar squid-dragon was carved on the door.

На двери было вырезано уже знакомое изображение дракона-кальмара.

It was, Johansen said, like a great barn-door.

По словам Йохансена, это было похоже на огромную дверь сарая.

Although they said it only gave the impression of a door.

Хотя они и утверждали, что это создавало лишь впечатление двери.

They could not decide if the door lay flat like a trap-door.

Они не могли решить, лежит ли дверь ровно, как люк.

Or maybe the opening was slanted like an outside cellar-door.

А может быть, отверстие было наклонено, как наружная дверь подвала.

As Wilcox would have said, the geometry of the place was all wrong.

Как сказал бы Уилкокс, геометрия этого места была совершенно неправильной.

One could not be sure that the sea and the ground were horizontal.

Нельзя было быть уверенным в том, что море и земля находятся в горизонтальном положении.

Hence the relative position of everything else seemed phantasmally variable.

Поэтому относительное положение всего остального казалось призрачно изменчивым.

Briden pushed at the stone in several places, without result.

Бриден несколько раз надавил на камень, но безрезультатно.

Then Donovan felt delicately over around the edge of the door.

Затем Донован осторожно нащупал край двери.

He climbed interminably along the grotesque stone molding.

Он бесконечно карабкался по гротескной каменной лепнине.

Although, if you could really call it climbing is debatable.

Хотя, можно ли это вообще назвать скалолазанием, вопрос спорный.

Perhaps the door was more horizontal than vertical.

Возможно, дверь была расположена скорее горизонтально, чем вертикально.

And the men wondered how any door in the universe could be so vast.

И мужчины недоумевали, как вообще в Вселенной может быть такая огромная дверь.

Then, very softly and slowly, something began to happen.

Затем, очень тихо и медленно, что-то начало происходить.

The acre-great panel began to give inward at the top.

Верхняя часть огромной панели начала прогибаться внутрь.

And they saw that the door had balanced itself.

И они увидели, что дверь сама собой уравновесилась.

***

Donovan somehow propelled himself back along the jamb.

Донован каким-то образом оттолкнулся назад вдоль косяка.

And everyone watched the queer recession of the monstrously carven portal.

И все наблюдали за странным исчезновением чудовищно вырезанного портала.

In this fantasy of prismatic distortion it moved anomalously in a diagonal way.

В этой фантастической картине призматического искажения оно двигалось аномально по диагонали.

All the rules of matter and perspective seemed confused.

Казалось, все законы материи и перспективы запутались.

The aperture was black with a darkness almost material.

Диафрагма была черной, окутанной почти материальной темнотой.

That tenebrousness was indeed a positive quality.

Эта мрачность, безусловно, была положительным качеством.

The men were spared from seeing the inner walls.

Мужчинам не разрешили увидеть внутренние стены.

The darkness burst forth like smoke from its eon-long imprisonment.

Тьма вырвалась, словно дым, из своего многовекового заточения.

The sun was visibly darkened by flapping membranous wings.

Солнце заметно потемнело от взмахов перепончатых крыльев.

And the shadow slunk away into the shrunken and gibbous sky.

И тень незаметно исчезла в сморщенном и угасшем небе.

The odor arising from the newly opened depths was intolerable.

Запах, доносившийся из недавно открытых глубин, был невыносимым.

The quick-eared Hawkins thought he heard a nasty, slopping sound.

Ухожак Хокинс подумал, что услышал неприятный, хлюпающий звук.

His ears were confirmed when It lumbered slobberingly into sight.

Его слух подтвердился, когда оно, тяжело ступая и пуская слюни, появилось в поле зрения.

Its gelatinous green immensity groped through the black hall.

Его желеобразная зеленая масса беспорядочно двигалась по черному залу.

And Its ooze and smell squeezed through the angled door.

И его слизь и запах проникали сквозь наклонную дверь.

The Thing went into the tainted air of that poison city of madness.

Существо погрузилось в отравленный воздух этого города безумия.

Poor Johansen's handwriting almost gave out when he wrote of this.

Бедный Йохансен почти совсем испортил почерк, когда писал об этом.

He thinks two men perished of pure fright in that accursed instant.

Он считает, что в тот проклятый миг от чистого страха погибли двое мужчин.

The Thing cannot be described with our language.

Это невозможно описать нашим языком.

There are no words for such abysms of shrieking and immemorial lunacy.

Нет слов, чтобы описать такие бездны воплей и извечного безумия.

Eldritch contradictions of all matter, force, and cosmic order.

Ужасающие противоречия всей материи, силы и космического порядка.

A mountain that walked and stumbled on the earth. God!

Гора, которая ходила и спотыкалась на земле. Бог!

No wonder that across the earth a great architect went mad.

Неудивительно, что в какой-то точке мира великий архитектор сошел с ума.

No wonder poor Wilcox raved with fever in that telepathic instant.

Неудивительно, что бедный Уилкокс в тот телепатический миг бушевал от лихорадки.

The green, sticky spawn of the stars, was walking the earth.

Зелёное, липкое потомство звёзд бродило по земле.

The Thing of the idols had awaked to claim his own.

Существо из мира идолов пробудилось, чтобы заявить о своих правах.

The stars were aligned again, as was predicted.

Звезды снова сошлись, как и предсказывалось.

An age-old cult had failed in their duties.

Древний культ не выполнил своих обязанностей.

And a band of innocent sailors fulfilled their role by accident.

А группа ни в чем не повинных моряков выполнила свою роль совершенно случайно.

After vigintillions of years great Cthulhu was loose again.

Спустя миллиарды лет великий Ктулху снова вырвался на свободу.

And now great Cthulhu was ravening for delight.

И вот теперь великий Ктулху источал восторг.

Three men were swept up by the flabby claws before anybody turned.

Троих мужчин подхватили вялые когти, прежде чем кто-либо обернулся.

God rest them, if there be any rest in the universe.

Да упокоит их Бог, если вообще существует покой во Вселенной.

Let it be known that their names were Donovan, Guerrera and Angstrom.

Пусть будет известно, что их звали Донован, Геррера и Ангстром.

Parker slipped as he was trying to make his escape.

Паркер поскользнулся, пытаясь скрыться.

The other three were plunging frenziedly back to the boat.

Остальные трое в панике бросились обратно к лодке.

They ran over endless vistas of green-crusted rock.

Они мчались по бескрайним просторам скал, покрытых зелёной коркой.

Johansen swears he was swallowed up by an angle of masonry.

Йохансен клянется, что его поглотил угол каменной кладки.

An angle which shouldn't have been there.

Ракурс, которого там быть не должно.

An angle which was acute, but behaved as if it were obtuse.

Угол, который был острым, но вел себя так, как если бы он был тупым.

Only Briden and Johansen made it back to the boat.

До лодки смогли вернуться только Бриден и Йохансен.

The two men had a moment of good fortune.

Этим двоим мужчинам невероятно повезло.

The mountainous monstrosity flopped down on the slimy stones.

Огромное горное чудовище рухнуло на скользкие камни.

And the beast hesitated floundering at the edge of the water.

И чудовище, барахтаясь на краю воды, замерло в ожидании.

The steam boat had not entirely run out of hot coals.

На пароходе еще не совсем закончились раскаленные угли.

Despite the departure of all men for the shore.

Несмотря на то, что все мужчины отправились к берегу.

Feverishly the two men rushed up and down between wheels.

Двое мужчин лихорадочно метались взад и вперед между колесами.

It was the work of only a few moments to get the engine going.

Запустить двигатель удалось всего за несколько мгновений.

Amidst the distorted horrors of that indescribable scene.

Среди искаженных ужасов этой неописуемой сцены.

Slowly their boat began to churn the lethal waters beneath her.

Постепенно их лодка начала взбалтывать смертельно опасные воды под собой.

And they moved along the masonry of that charnel shore.

И они двинулись вдоль каменной кладки того погребального берега.

That strange coastline that was not from this world.

Эта странная береговая линия, словно не от мира сего.

***

The titan Thing from the stars slavered and gibbered.

Титан, существо из звёзд, пускало слюни и бормотало что-то себе под нос.

Like Polypheme cursing the fleeing ship of Odysseus.

Подобно тому, как Полифем проклинал спасающийся корабль Одиссея.

Then great Cthulhu slid greasily into the water.

Затем великий Ктулху, скользя по воде, рухнул в неё.

Bolder and more daring than the storied Cyclops.

Смелее и отважнее, чем легендарный Циклоп.

Cthulhu pursued them through the water with cosmic movement.

Ктулху преследовал их по воде, используя космические силы.

Briden looked back from the ship and started laughing shrilly.

Бриден оглянулся с корабля и начал пронзительно смеяться.

From that moment Briden continued laughing at odd intervals.

С этого момента Бриден продолжал смеяться с нерегулярными интервалами.

But Johansen had not given up yet.

Но Йохансен еще не сдался.

He knew his ship had no chance of outpacing the thing.

Он понимал, что у его корабля нет ни единого шанса обогнать это чудовище.

So he resolved on taking a desperate chance.

Поэтому он решил пойти на отчаянный риск.

He loaded the furnace and set the engine for full speed.

Он загрузил печь и включил двигатель на полную мощность.

And then he ran lightning-like on deck and reversed the wheel.

А затем он молниеносно выбежал на палубу и развернул штурвал.

There was a mighty eddying and foaming in the noisome brine.

В зловонном рассоле наблюдалось сильное водоворот и пенообразование.

The steam mounted higher and higher into the sky.

Пар поднимался все выше и выше в небо.

And the brave Norwegian reversed the course of the chase.

И отважный норвежец переломил ход погони.

Before him rose the unclean froth like the stern of a demon galleon.

Перед ним поднималась нечистая пена, словно корма демонического галеона.

He drove his vessel head on against the pursuing jelly.

Он направил свой корабль лоб в лоб на преследующую его медузу.

The awful squid-head came nearly up to the yacht's bowsprit.

Ужасная голова кальмара почти дошла до бушприта яхты.

But Johansen drove on relentlessly against the writhing feelers.

Но Йохансен неустанно продолжал двигаться вперед, несмотря на извивающиеся щупальца.

There was a bursting as of an exploding bladder.

Произошло что-то вроде взрыва мочевого пузыря.

There was a slushy nastiness as of a cloven sunfish.

Там была какая-то мерзкая, вязкая субстанция, похожая на ту, что образуется у рыбы-солнца.

There was a stench as of a thousand opened graves.

Оттуда исходил смрад, словно от тысячи вскрытых могил.

And there was a sound the chronicler did not put on paper.

И раздался звук, который летописец не смог зафиксировать на бумаге.

For an instant the ship was befouled by an acrid cloud.

На мгновение корабль окутал едкий запах.

The green cloud blinded Johansen and the mad man.

Зелёное облако ослепило Йохансена и безумца.

And then there was only a venomous seething astern.

А потом за спиной послышалось лишь ядовитое кипение.

But God in heaven! What the two men saw next;

Но Бог на небесах! Что же увидели эти двое мужчин дальше?

The scattered plasticity of that nameless sky-spawn.

Разрозненная пластичность этого безымянного порождения небес.

The injured thing was nebulously recombining.

Поврежденный орган неуловимо рекомбинировал.

Soon Cthulhu would be back in its hateful original form.

Вскоре Ктулху вернется в своем отвратительном первоначальном обличье.

But their distance was widening with every second.

Но расстояние между ними увеличивалось с каждой секундой.

The ship was gaining impetus from its mounting steam.

Корабль набирал скорость благодаря нарастающему потоку пара.

And eventually the cursed city was over the horizon.

И наконец проклятый город показался за горизонтом.

***

He did not try to navigate after their lucky escape.

После того, как им чудом удалось избежать опасности, он больше не пытался ориентироваться на местности.

His reaction had taken something out of his soul.

Его реакция лишила его душевных сил.

He spent his time brooding over the idol in the cabin.

Он проводил время, размышляя над идолом в хижине.

He looked after the laughing maniac in the boat.

Он присмотрел за смеющимся маньяком в лодке.

And he attended to a few matters such as food.

И он занялся несколькими вопросами, например,
приготовлением еды.
Then came the storm of April 2nd.
Затем, 2 апреля, разразилась буря.
On that day clouds gathered over his consciousness.
В тот день над его сознанием сгустились тучи.
There is a sense of pure and refined delirium.
Ощущение чистого и утонченного бреда.
Spectral whirling through liquid gulfs of infinity.
Призрачное вихревое движение сквозь жидкие бездны
бесконечности.
Dizzying rides through reeling universes on a comet's tail.
Захватывающие путешествия по головокружительным
вселенным на хвосте кометы.
Hysterical plunges from the pit to the moon.
Истеричные прыжки из ямы на луну.
And he plunged back again from the moon to the pit.
И он снова спустился с луны в пропасть.
A cachinnating chorus of the distorted, hilarious elder gods.
Шутливый хор искаженных, уморительных древних богов.
And the green bat-winged mocking imps of Tartarus.
А ещё эти зелёные, похожие на летучих мышей,
насмешливые бесы из Тартара.
Out of that dream came rescue; the ship Vigilant.
Из этого сна родилось спасение; корабль «Виджилант».
The vice-admiralty court and the streets of Dunedin.
Вице-адмиралтейский суд и улицы Данидина.
The long voyage back home to the old house by the Egeberg.
Долгий обратный путь домой, в старый дом у Эгеберга.
He could not tell anyone of what he had seen.
Он никому не мог рассказать о том, что видел.
**Had he told the truth they would have thought he had gone
mad.**
Если бы он сказал правду, они бы подумали, что он сошел
с ума.
So he secretly wrote of what he knew before death came.

Поэтому он тайно записал то, что знал, прежде чем наступила смерть.

"Death would be a boon if only it could blot out the memories."

«Смерть была бы благом, если бы только она могла стереть воспоминания».

That was the document Johansen left behind.

Это был документ, оставленный Йохансеном.

And now I have placed this document in the tin box.

И вот я положил этот документ в жестяную коробку.

In the box is also the dream carved bas-relief.

В коробке также находится барельеф, вырезанный по мотивам сновидения.

And I have included the papers of Professor Angell.

И я включил в сборник работы профессора Энджелла.

With this box shall go this record of mine.

Вместе с этой коробкой будет храниться моя запись.

These notes have become a test of my own sanity.

Эти записи стали проверкой моего собственного здравомыслия.

But I hope my discoveries are never be pieced together again.

Но я надеюсь, что мои открытия никогда больше не будут собраны воедино.

I have looked upon all that the universe has to hold of horror.

Я созерцал все ужасающие явления, которые может предложить Вселенная.

But now even the skies of spring are darkness to me.

Но теперь даже весеннее небо для меня стало тьмой.

Even the flowers of summer are forever poison to me.

Даже летние цветы навсегда остаются для меня ядом.

But I do not think my life will be long.

Но я не думаю, что моя жизнь будет долгой.

As my uncle went, so shall my end come.

Как ушел мой дядя, так придет и мой конец.

As poor Johansen went, so shall my time come.

Как погиб бедный Йохансен, так придёт и моё время.

I know too much, and the cult still lives.

Я слишком много знаю, а культ всё ещё существует.

Cthulhu still lives, too, I can only suppose.

Ктулху тоже еще жив, могу только предположить.

I assume Cthulhu is again in that chasm of stone.

Полагаю, Ктулху снова находится в этой каменной пропасти.

The city which has shielded him since the sun was young.

Город, который защищал его с тех пор, как солнце было молодым.

I know his accursed city is sunken once more.

Я знаю, что его проклятый город снова затонул.

The crew of the Vigilant sailed over the spot after the April storm.

Экипаж судна Vigilant проплыл над этим местом после апрельского шторма.

But his ministers on earth still worship his return.

Но его служители на земле по-прежнему поклоняются его возвращению.

In lonely places they congregate around their idol.

В уединенных местах они собираются вокруг своего идола.

And they bellow and prance and slay in satanic ritual.

И они ревут, ликуют и убивают в сатанинских ритуалах.

He must have been trapped by the sinking of his black abyss.

Должно быть, он оказался в ловушке, погружаясь в свою черную бездну.

Or else the world would by now be screaming with fright and frenzy.

В противном случае мир уже давно бы кричал от ужаса и безумия.

Who knows how the end will come about?

Кто знает, чем всё закончится?

What has risen may sink, and what has sunk may rise.

То, что поднялось, может опуститься, а то, что опустилось, может подняться.

Loathsomeness waits and dreams in the deep.

Отвращение таится и грезит в глубине.

And decay spreads over the tottering cities of men.

И упадок распространяется по шатающимся городам человечества.

A time will come where that city rises out the sea again.

Придет время, когда этот город снова поднимется из моря.

But I must not think about when that day will come!

Но я не должен думать о том, когда этот день настанет!

I have one prayer if this manuscript outlives me.

У меня есть только одна надежда: если эта рукопись переживёт меня, то пусть так и будет.

I pray my executors put caution before audacity.

Я молю своих душеприказчиков проявить осторожность, а не дерзость.

I pray this manuscript meets no other eyes.

Я молюсь, чтобы эта рукопись не попала в поле зрения других людей.

***

Found among the papers of the late Francis Wayland Thurston, of Boston.

Найдено среди бумаг покойного Фрэнсиса Уэйленда Тёрстона из Бостона.

www.tranzlaty.com